천사와 매니저

The Angel & Manager

천사와 매니저
The Angel & Manager

김소래 지음

canon publisher

목차

작가의 말　　　　　　　　　　　12

화살을 맞아버린 1월　　　　　　15

초록여자를 만난 2월　　　　　　33

야구 모자를 쓴 천사의 3월　　　53

덫에 걸린 5월　　　　　　　　　71

초록여자를 따라간 6월　　　　　87

천사가 정말 있다던 8월　　　　109

유령을 만나러 간 9월　　　　　127

노랑여자와 초록여자가 대결한 10월　　143

광장에서 초록여자를 본 11월　　155

천사를 만나러 간 12월　　　　　163

작가의 말

27년을 홀로 살아간다는 남자가 앵무새를 사 가더라는 얘기는 7, 8년 전에 들었다. 버스에서 스쳐 지나간 사람의 사연을 굳이 전해준 내 지인도 그랬겠지만 새하고라도 말을 나누려는 남자의 외로움이 듣는 내게도 진하게 스며들었다. 그 이후에도 나는 그 고독하고 쓸쓸한 남자의 잔상을 자주 떠올렸다. 1년인가 후에 그 남자의 이미지를 짧은 단편소설로 살려보았는데, 왠지 모를 부채 의식에 시달려야 했다. 외롭고 막막하고 추운 그의 모습을 감성적으로 그려낸다는 것이 무슨 의미가 있는지 의문이었다.

무엇인가 초자연적인 도움이 그의 삶에 적용된다면…….

터무니없는 염원에 얽매어 써 놓은 단편소설을 무너뜨리고 새 판을 짜서 쓰기 시작했다. 생각해 보면 외롭고 고독한 사람이 27년을 혼자 살아가는 그 남자뿐이겠는가? 누군들 외롭지 않고, 누군들 트라우마가 없으며, 누군들 막막한 적 없을까? 그렇다면, 초자연적으로 돕는 손은 삶을 지탱하는 우리 모두에게 필요하지 않을까?

구원자를 찾는 염원으로 천사와 매니저라는 이 소설을 완성했다. 이제 이 글을 시끄럽고 번잡하기만 해서 나를 더 쓸쓸하게 만드는 세상에 내어놓는다. 어디선가 나와 비슷한 고민 속에서 살아갈 독자를 생각하며…….

                                    2025년 7월의 더운 날
                                    소설가 김소래

화살을 맞아버린 1월

야리엘 주천사일지도 모를 노인을 만난 것은 2019년 1월 10일이었다. 나의 수호천사 목소리도 그날부터 듣기 시작했다.

그날은 처음으로 버스를 타고 퇴근한 날이다.
우연히 뒤적인 교통 앱을 통해 광화문에서 구파발을 거쳐 파주 쪽으로 가는 광역버스가 있음을 알게 되었다. 병원 직원들을 피해 혼자 햄버거로 점심을 때우고 남은 시간에 하릴없이 휴대폰을 뒤적인 결과였다. 버스 번호가 눈을 잡았다. 9102번, 어디선가 만났던 사람이 스쳐 지나칠 때 되돌아보는 것처럼 번호를 다시 확인했다. 새로 시작된 2019년 숫자를 뒤에서부터 배열하면 나오는 수가 9102라는 것은 잠시 후에 깨달았다.

막연한 미래에 대한 긴장감이 커진 연초라서 그런 유치한 우연에 끌렸을까? 나는 평소에 사소한 우연에 얽매이는 사람은 아니다. 나름 합리적이고 과학적인 사고의 틀 안에서 살아가는 사람이다. 그런 내가 숫자의 데칼코마니 따위의 우연에 휘둘린 것은 아마도 당시 부쩍 심해진 불안감이 원인이었을 것이다. 무엇에 쫓기는 듯한 기분에서는 상황을 과장하거나 왜곡해서 해석하기 쉽기 때문이다.

우울증과 불안증을 어려서부터 달고 살았고 몇 년 전부터는 불면증까지 겹쳐진 상태였다. 기쁨이나 만족, 즐거움 따위와는 동떨어져 40여 년을 버텨왔지만 내 입으로 불평불만을 늘어놓지 않으면 견딜만했다. 타인의 눈에는 그저 그런 사람으로 보일 수 있었기 때문이다.

그런데 2019년 새해로 접어들면서 문제가 심각해져 버렸다. 갑자기 불안감에 휩싸이면, 수은 추라도 매단 것처럼 가슴이 무거워지고 꽉 막혀 숨쉬기조차 어려울 정도였다. 그럴 때는 덮고 숨기고 할 겨를도 없었다. 설상가상으로 사람으로 가득한 퇴근 시간 지하철에서 증상이 자주 나타나 난감하기만 했다.

나는 공황장애인가 하고 스스로 진단을 내렸다. 주체하기 힘든 불안감, 가슴 답답함, 호흡곤란, 이런 증상 몇 가지로 혼자 내린 결론이니 옳은 병명인지는 확실치 않다. 생각해 보면, 이혼 후 2년째로 접어드는 무렵이어서 더 우울해질 이유는 있었다. 그러나 아무리 따져 봐도 터무니없이 증폭된 불안감의 원인은 모호했다. 이미 40이 넘은 나이에 한 살을 더 얹은 1월이라 하더라도 이유로 삼기는 턱없이 부족했다.

매사에 이성적이라고 자처하는 나였음으로 그날 지하철 대신 버스를 탄 것도 단순히 숫자의 겹침 따위로 결정하지는 않았다. 나름 현실적이고 합리적인 이유를 더했다. 지하철은 종로3가에서 한 번 갈아타야 하는데 버스는 집까지 쭉 가니 더 편하다는 것, 퇴근 시간 지하철보다 탑승 인원이 적어 긴장이 덜 되고 따라서 공황장애 발작도 적으리라는 희망, 무엇보다 버스는 광화문 광장 귀퉁이에서 탈 수 있어서 지겨운 시위꾼들을 덜 봐도 된다는 점 등이었다.

내가 일하는 치과 의원은 광화문 광장의 이순신 동상이 거리를 두고 내려다보이는 건물의 10층이었다. 내세우기 좋은 경력에 사업 수완까지 갖춘 대표원장은 임대료 비싼 광화문에서도 100여 평 면적을 차지하고 나를 포함해 페이닥터 둘을 고용해서 그런대로 잘 나가는 중이었다.

그날도 진료 시간이 끝나고 20여 분이나 미적대던 원장의 뒤를 따라 나도 어적어적 치과를 나왔다. 세종로사거리 버스 정류장에 도착하니 전광판에 '9102번 6분 후 도착' 문구가 흐르고 있었다. 전광판을 빤히 보면서도 휴대폰으로 버스 시간을 검색했다. 굳이 정확성을 따지자는 것은 아니고 모든 것을 휴대폰에 의지하는 습관이었다.

빌딩 사이로 기어드는 어둠이 음산하게 번져가는 광장을 슬쩍 넘겨보다 검게 뒤덮인 무리를 보고 고개를 돌려버렸다. 이순신 동상 뒤로는 검은 패딩으로 무장한 시위대가 이미 밀려들어 있었다. 사회정의를 외치려고 1월의 밤 추위에 모인 사람들, 5년 전 침몰된 배의 진상 규명을 외치거나 그 사건이 빌미가 되어 탄핵된 여자 대통령을 감옥에서 내놓으라는 외침, 둘 중 하나이거나 둘 다일 수도 있었다. 어느 쪽이든 지겨운 시위였다. 어수선한 확성기 소리, 북소리, 요란한 노래, 추위와 검푸른 어둠, 공포와 암담함이 너울거리는 광장은 열병식이라도 준비하는 지하 세계 같았다.

버스에서는 오래전 할머니 방에서 나던 냄새에 더해 신경 치료에 사용하는 $NaOCl$ 냄새가 났다. 좀 전에 누군가의 토사물을 락스 묻은 밀걸레로 대충 닦았을지도 모를 일이었다. 의자는 낡았고 분위기는 우중충했다.

운전석 뒤로 두 번째 좌석에 앉았다. 광장의 음악 소리가 더 커지는 걸로 보아 본격적인 밤 시위가 시작될 모양이었다. 어떻게 저 시끄러운 시위를 막을 수는 없나? 광장을 아예 폐쇄해버리면 좋겠는데 그러면 또 시위할 광장을 내놓으라는 시위대가 도로를 메우겠지. 짜증스러웠다.

느리게 나아가는 버스 뒤를 시위대의 함성이 끈질기게 따라왔다. 광장에서 보았던 검은 패딩 무리가 떠오르며 가슴이 꼬깃꼬깃 겹쳐지는 기분이었다. 목을 길게 빼고 컥 컥 컥 최대한 규칙적으로 숨을 내뱉었다. 공황장애 증상은 대부분 호흡 곤란으로 시작되었음으로 숨길을 유지하는 것이 중요했다.

시청을 완전히 벗어나자 광장의 시끄러운 음악도 더 이상 들리지 않았고, 다행히 호흡도 괜찮았다. 나는 머리를 텅 비운 채 퇴근 시간 도심의 거리를 나른하게 내려다봤다. 불빛이 희번덕거리는 거리를 종종걸음치는 사람들은 약속이라도 한 듯이 검은색 두툼한 패딩을 입었지만, 어깨를 움츠려서인지 모두 야위어 보였다.

남대문 근처에서 손님을 태운 버스가 문을 닫고 출발하여 막 정류장을 벗어나고 있을 때였다. 한 남자가 버스 앞으로 갑작스럽게 뛰어들었다.

"스톱, 스톱- 와, 와, 와"

패딩조차 입지 않은 남자가 양손에 검은 짐 보따리를 들고 추워 보이는 행색으로 엉거주춤 서 있었는데, 뒤늦게 도착해서 떠나가는 버스를 잡으려는 모양이었다. 예상에 없던 상황을 만나면 사람의 기운이 좀 솟기도 한다. 나도 버스를 가로막는 이에게 눈이 팔렸다.

"저런 미친 -" 욕지거리를 삼킨 기사가 출렁출렁 차를 멈추고 버스 문을 다시 열었다. 뒤따르던 버스가 경적소리를 내질렀다.

그러거나 말거나, 검은 비닐에 뒤덮인 보따리를 양손에 든 중늙은이가 느긋하게 버스로 올라왔다. 기사의 배려로 겨우 타게 됐지만 서두르는 기색이라곤 없었다. 얼굴이 불콰하게 달아오른 그는 술 냄새를 앞세우고 비틀거리며 다가와 내 옆에 등을 지고 섰다.

하필 내 옆에 앉으려나? 한숨을 쉬는데, 아니나 다를까 취객은 휘청거리는 몸을 내 좌석 등받이에 부딪쳐가며 보따리 두 개를 통로를 사이에 둔 옆 좌석 앞에 쑤셔 넣었다. 그러고는 끄응 신음소리를 내며 몸뚱이를 의자에 던져버렸다.

"어머머머"

그 좌석 창 쪽에 앉아 있던 갈색 머리 아가씨가 비명을 질렀다. 졸지에 무례한 취객의 등 뒤에 끼게 되어 놀라는 것이 당연했다. 아가씨의 비명에 취객은 투덜거리면서 몸을 좀 가누기는 했다. 의자 앞에는 짐 보따리를 놓아 다리를 통로로 내밀어 걸터앉은 자세였는데, 때에 찌든 거무튀튀한 회색 운동화가 내 좌석을 걷어찰 기세였다.

"친구! 이마 주름 좀 펴. 짜증을 뒤집어쓰고 사는 것, 이제 지겹잖아?"

정체불명의 목소리가 내 귀에 처음 들어온 것은 그때였다.

놀란 나는 반사적으로 주위를 둘러봤다. 목소리의 주인을 찾아 두리번거렸지만 고개를 든 사람조차 보이지 않았다. 잔잔하면서도 생생한 목소리가 분명히 들렸는데 희한한 일이었다. 당시에는 몰랐지만, 내가 수호천사의 목소리를 처음으로 접한 순간이었다.

늘어진 볼살이 술기운으로 벌겋게 부어오른 취객은 60대 초반쯤으로 여겨졌다. '끄윽' 막걸리와 해물파전 분자들을 요란하게 내뿜은 그가 몸을 쭉 펴더니 느긋하게 발음을 비틀어 기사를 불렀다.

"거, 기사 양반- 이 차 어디로 가요?"

기사가 못 들은 척 대답하지 않자 더 커진 취객의 목소리는 시비조가 됐다.

"거, 이 차 목적지가 어디냔 말이요? 목적지가아?"

"문산 이-요" 귀찮아진 기사가 건성으로 대꾸했다.

"문산? 문산, 사람 새끼 하나도 없는 문산으로 가겠구먼—"

이때쯤 해서 색다른 환경에 반응하던 내 흥미도 한풀 꺾여 휴대폰을 켰다. 자기가 탄 버스 행선지도 모르는 취객이야 신경 쓸 것도 없고 지하철에서 서서 보던 휴대폰을 버스에 앉아서 아니 볼 이유도 없었다. 뉴스를 밀어 정치 이슈를 훑어 내렸다. 전 정부 인사들에 대한 뉴스, 적폐 청산 뉴스가 휩쓸고 있었다.

옆 취객은 계속 혼자서 중얼중얼 씨부렁거렸는데 별 잘못도 없는 대통령을 탄핵한 이놈의 세상이란 말로 보아서는 무식하고 감각 없는 꼴통보수 노인이었다. 광화문 광장에서 전 여자 대통령 탄핵을 부당하다고 외치는 사람들도 대부분 노인이었다.

나는 술꾼에게서 관심을 끊으려고 휴대폰에 더 집중했다. 딱히 볼 것도 없기에 서슬 퍼런 정의감을 불태우는 이들이 단원색적인 욕지거리 댓글들을 일일이 읽었다. 그러나 곧, 취객의 괴성에 휴대폰에서 고개를 들 수밖에 없었다.

"아이고! 내 머리. 이 가시나가 왜 이리 귀찮게 해?"

취객이 머리를 잡고 소리치고, 그의 옆에 엉거주춤하게 서 있는 갈색 머리 아가씨의 얼굴이 새빨갰다. 취객을 피해 좌석을 옮기려던 아가씨가 취객의 머리 위로 쓰러진 것 같았다. 큼지막한 짐 두 개가 취객 앞에 놓여있어 발 디딜 자리를 찾지 못하다가 버스까지 요동쳐 생긴 일이지 싶었다.

"너 꽃뱀이냐? 가슴 단속도 못 하고, 그걸로 내 머리를 박아? 아니고 내 목, 목이야…."

목덜미를 잡은 취객이 아가씨를 올려다보며 버럭버럭 소리를 질렀다. 가슴 단속도 못한다는 말을 곱씹으며 몰아세웠다. 곧 울음을 터트릴 것처럼 붉으락푸르락한 아가씨의 얼굴을 보며 나도 편치 않았다. 승객 중 거리상으로 내가 가장 가까워 가만히 있기도 그랬다. 그러나 나는 속으로 중얼거렸다. 'It's not my Business!'

"It's your Business!"

목소리가 즉각 반박했다. 좀 전에 이마에 주름 좀 펴라고 짜증이 지겹지도 않느냐고 했던 음성이었다. 주위를 훑어봤지만 얼굴을 마주치는 사람이 없었다. 난 귀를 만지작거리며 목소리를 되돌려 더듬었다. 대체 누구? 분명하고 또렷한 목소리였고 두 번이나 들었는데 어느 쪽에서 들려왔는지도 모르겠고 남자인지 여자인지도 헷갈렸다.

똑똑 바닥을 딛는 구둣발 소리가 들렸지만 정체불명의 목소리를 생각해 내느라 신경 쓰지 않았다. 고개를 들어 구둣발 소리의 주인공을 쳐다보았을 때는 여자가 어느새 내 옆에 있을 때였다. 여자가 취객을 향해 서 있어서 내게는 베이지색 야구 모자 밑으로 초록색 머리가 늘어진 등만 보였다. 아직도 얼굴이 새빨간 갈색 머리 여자가 그녀의 손을 잡고 비틀거리면서 짐 사이를 뚫고 나왔다. 버스 안 사람들은 두 여자를 쳐다보았고, 나도 그랬지만 등지고 선 초록 머리 여자의 얼굴을 볼 수 없어서 아쉬웠다. 갈색 머리를 앞세우고 뒤쪽으로 가는 초록 머리를 눈으로 계속 쫓으며 두 여자가 서로 아는 사이겠지 했다.

생각했던 것보다 버스를 이용하는 사람들이 많아 정류장마다 계속 사람들이 올라왔다. 취객은 지쳤는지 눈을 감고 있었는데, 그의 거친 숨소리 사이로 뜻밖의 소리가 더해졌다.
'찍 찍 찍찍' 취객 앞 검은 비닐에 쌓인 짐에서 나는 소리였다.
짐 다발 속에 병아리가 들었나? 저자가 설마 병아리를 잡아먹을 리는 없고 닭으로 키워서 잡아먹겠지? 고추장을 붉은 플라스틱 통째 놓고 회 친 생닭 살을 게걸스럽게 찍어 먹을 술꾼을 떠올리며 휴대폰으로 눈을 되돌렸다.
"이놈의 세상 시끄러워서 원. 광화문에서 떠드는 놈들이 저리 많은데, 왜 나한테는 말 거는 놈이 하나도 없어? 문산에는 사람이 없나 아니면 모두 입이 없나? 나 같은 것은 뒈지던 살던… 아악! 살고 싶지 않아…."
졸던 취객이 깨어나 다시 중얼거리자, 나는 휴대폰 액정에 신경질을 얹어 밀면서, 누군 살고 싶어서 사나? 방법이 없어서 살지, 속으로 뇌까렸다.
"그가 지금 힘든 싸움중이라서 그래."
"누구와?"
"세상살이와. 너의 아버지처럼. 그리고 너처럼."
세 번째 들린 정체불명의 목소리였다. 힘든 싸움중이라는 말에 누구와 싸우는지 반사적으로 물었는데, 아버지처럼, 그리고 나처럼 세상살이와 싸운다는 답을 들은 후에야 누군지도

모르는 목소리와 내가 대화 중이라는 것을 깨달았다.

느닷없이 아버지가 소환되자 뭔가 급하게 가슴을 치밀고 올라왔다. 세상과 싸우기는커녕 거대한 술통에 인생 전체를 아예 처박아 버린 아버지. 한숨이 다문 내 입술을 비집고 나왔다. 그랬다. 아버지는 옆 취객과 비슷했다. 반대로 나는 그런 부류가 아니다. 술을 많이 마신 적도, 누구와 크게 싸운 적도 없다. 세상살이와 싸움? 성공을 위해 투구벌레처럼 사는 사람들에게나 어울리는 말이지, 주어진 일이나 해가며 살아가는 나와는 거리가 멀었다. 세상을 아예 포기해 버린 아버지, 세상과 경쟁할 의사가 없는 나, 세상살이와 싸운다는 말은 아버지나 내게 적용되는 말이 아니었다.

이번에는 고개를 더 확실하게 돌려 면밀하게 주위를 훑었다. 누가 내 귀에 자꾸 말을 집어넣는지, 도대체 어떻게 된 상황인지 알고 싶었다. 그런데 취객 외에는 모두 휴대폰에 고개를 박고 있어서 의심할 만한 사람이 보이지 않았다. 재차 샅샅이 훑어봤지만 내게 목소리를 집어넣을 만한 사람을 찾지 못했다.

할 수 없이 휴대폰으로 눈을 돌렸지만 화면이 읽히지 않았다. 이제 공황장애를 넘어 내가 정신분열? 환청까지 들린다고 생각하니 암담하고 더럭 겁이 났다.

그런데 취객이 계속 문제였다. 이번에는 끄윽 끅 흐느꼈다. 주절거리다 끄윽, 끄윽 울음소리로 이어졌는데 처량해 보이면서도 귀찮고 짜증스러웠다. 자리를 옮기고 싶은데 취객의 옆이 아니면 빈자리도 없었다. 다시는 이런 괴상하고 구차스런 버스는 타지 말아야지 하며 윗니로 아랫입술만 자근거렸다.

머리에 흰 야구 모자를 쓴 노인이 올라온 것은 홍제쯤이었다. 키가 크고 모자 밑으로 내려온 백발이 유난히 흰빛이라 눈에 띄었는데, 새하얀 백발 위에 젊은이들이 주로 쓰는 흰 야구 모자가 놓여있어 뜬금없어 보였다. 백발노인은 취객 앞 의자 등받이에 팔을 기대어 내려다보며 물었다.

"나 거기 안쪽에 앉아도 될까?"

가끔 만나던 친구에게 묻는 투였다. 울다가 위를 꼬아보던 취객도 의외로 순순히 일어서 통로로 엉거주춤 나왔다. 모두가 피해 가는데 같이 앉겠다는 사람이 나타나 반가울 만했다. 백발노인은 검은 짐 보따리 틈새에 요령 좋게 발을 비집고 창쪽으로 들어갔다. 앉자마자 검은 비닐에 쌓인 보따리를 보며 소탈하게 물었다.

"이 짐들이 뭐요?"

"새요."

취객의 대답에 내 귀가 번쩍 일어섰다. 검은 비닐 속에서 '찍찍' 소리를 내는 것은 병아리가 아니라 새라는 것을 알게 되어서다.

"새? 무슨 새?"

"앵무새하고 잉꼬요."

"앵무새? 고것 말 가르쳐 놓으면 심심치 않지."

"내 그럴 것 같아서 남대문시장에서 사 오는 길이오. 광화문 광장에서 지 말 들어 달라고 외치는 놈들은 많은데 나한테

말 붙여주는 놈은 하나도 없으니. 이거 적적해서 살 수가 없어. 그래서 새하고라도 말을 해 볼까 하고… 내 27년을 혼자 살았더니 이제 사는 게 지긋지긋, 질려버렸소."

"27년이라, 27년, 거 참, 혼자 견디기엔 좀 길지, 쯧쯧, 차-암, 힘들었겠소."

백발노인도 그랬겠지만 27년간 혼자 살았다는 취객의 말에 나도 가슴이 서늘했다.

아내 화영이 떠나간 지 2년째였다. 새해가 되었으니 벌써 2년째. 이혼을 당했다는 낭패감을 뺀다면 혼자 살아가는 것이 나는 그리 불편하지 않았다. 육체적 욕구조차 불편하지 않다고 말하긴 어렵지만, 마스터베이션이라는 해결 방안도 나름대로 찾았다. 별로 좋아하지도 않은 여자와 살아가는 것보다 혼자가 편하다고 생각한 적도 있다. 혼자 지내기가 그리 힘들지 않다고 우겼는데 27년을 혼자라니… 아득했다.

"그런데 어르신은 어디 갔다 오는 길이쇼?"

"나야 일 다니지."

"일이요? 연세가 어떻게 되는데요?"

"땅에서 한 세기쯤 되면 나이 따위 세는 게 귀찮아져."

"설마 100살이나요? 그런데 참 정정하쇼. 아직도 일을 하고. 나는 당뇨 때문에…. 통풍도 심해 밤에 잠을 못 자요."

취객이 통풍으로 마디가 부어오른 손가락을 내보이자 백발노인은 그 손을 왼손에 얹고 오른손으로 매만지고 쓰다듬었다. 취객은 아이처럼 노인에게 손을 맡겼다. 그리고 둘은 서로 상대가 대단하다느니 부럽다느니 하며 덕담을 나눠 가졌다.

그런데 백발노인이 좀 특이했다. 새하얀 백발만 보면 100년을 살았다 해도 수긍이 가는데 몸놀림이나 얼굴은 그리 늙어 보이지 않았고 피부가 빛을 내는 듯했다.

"그런데, 앵무새도 날 수 있소?"

"이 사람 보게, 사 오면서도 몰랐어? 앵무새가 원래 잘 날아, 그래서 못 날도록 날개 끝을 잘라 버린 거야. 그러지 않으면 새장 문이 열리는 틈을 타서 날아가 버리거든."

"날개를 자를 게 아니라 문을 안 열어 주면 되잖소?"

"나 보기만 하면 열어줘, 열어줘 하는데 안 열어 줄 수도 없지."

"고게 말을 그리 앙증맞게 해요?"

"가르쳐 놓은 말은 잘해."

그들의 대화를 듣다가 날개가 잘렸다는 말에 저절로 어깨가 움츠러들었다. 말하는 새로만 알았던 앵무새가 날 수 있다는 것도 생소했다. 내가 알고 있는 앵무새는 초등학교 시절 학교에서 단체로 간 새 박람회에서 본 것이 전부였다. 새장 안에서 '안뇽, 안뇽'하던 빨간 깃털 앵무새였다. 그 앵무새를 떠올리는데 새장 앞에 바짝 서 있던 나를 빨리 비키라며 뒤에서 발로 차던 동민이네 패거리가 따라 올라왔다. 동민이를 선두로 뒤따르던 세 놈, 자칭 동민과 3총사라 했던 그들은 만만한 약자를 골라 괴롭히는 재미로 학교에 다니는 놈들이었다.

떠오르는 네 놈의 얼굴을 구겨 누르며 휴대폰에 '앵무새 날다'를 쳤다.

앵무새를 못 날게 하려면 여덟 개의 겉날개 중 네 개쯤 끝을 잘라 줘야 한다고 쓰여 있었다. 앵무새 날개에 가위를 들이

대는 장면이 떠올라서인지 숨이 막히는 것 같았다. 왼손으로 답답한 가슴을 치며 입을 벌려 숨을 헉 헉 헉 내쉬다 건너편 창 쪽에 서 있는 백발노인과 눈이 마주쳤다. 내가 왜 그쪽으로 고개를 돌렸는지 노인이 왜 서 있었는지는 모르겠다. 아무튼 노인이 내 눈을 응시한 채 엷게 웃었는데, 야구 모자가 노인의 머리에서 살짝 떠올랐다. 눈처럼 새하얀 머리, 머리카락이 하나하나 일어섰다. 일어선 머리카락들 끝에서 빛이 쏟아졌다.

  분수처럼 퍼지던 빛이 버스 천장에 부딪히고, 어느 사이 천장에서 무수한 은실들이 실비처럼 내렸다. 사람들 머리와 어깨 위에 쌓인 은실들이 연한 바람에 날렸다. 날리는 은실들이 사람과 사람 사이에 매듭을 이루며 흩날렸다. 온통 은빛이었다. 은빛 날개의 천사들도 날았다. 그리고 향기, 로즈마리 향 비슷한 향기가 버스에 가득했다.

  아무래도 내가 환영을 본 것 같았다. 환청에 환영, 정신분열의 전형적 증상이었다. 내가 정신분열? 휴대폰을 켰으나 손이 떨려 아무것도 할 수 없었다.

  멍하니 액정을 한참 동안 내려다보다 불안한 때일수록 뭐라도 해야 한다는 걸 떠올렸다. 경험상, 감정의 무드를 바꾸려면 다른 것에 빠져드는 것이 하나의 방법이었다.

  숨을 크게 내쉬고 느릿느릿 '앵무새'를 찍었다. 억지로 휴대폰을 밀며 정신을 바짝 세웠다. 손가락을 이용한 앵무새 계단 오르기 훈련법이 나오는 화면에 이르러 막 읽으려는데 취객의 목소리가 또 들렸다.

  "어르신은 앵무새 키워 본 적 있구먼요. 문 열어버려서 앵무새가 날아서 도망간 적도 있소?"

"앵무새는 아니지만, 하도 제 맘대로 하겠다고 우기기에 불쌍해서 내버려뒀지. 사람도 천사도 실수를 해. 그 이후, 난 50만 년을 혼자 살아……. 이렇게 일하며."

"아니 50년이나 혼자 살았다고요? 허, 그것참, 허, 그것참, 허, 거 참!"

나는 50만 년이라고 들었는데 취객은 50년으로 받아들이고 혀를 찼다. 하긴 누가 50만 년을 살 수 있겠는가? 분명 내가 잘못 들었을 것이다.

50년 홀로살이에 충격을 받은 취객은 허 참, 허 그것 참이란 말을 반복하다, 대단한 생각을 해낸 것처럼 목소리를 높였다.

"날개를 잘라버리지 그랬소? 그러면 못 날아갔을 것 아니요?"

"사실은 말이야, 대부분 사람들은 이미 날개가 잘렸어. 그래서 앵무새처럼 남의 말만 따라하지."

"이 앵무새 형님이 가져가쇼. 나는 잉꼬만 보며 살다가 도저히 못 참겠으면 그때 앵무새 한 마리 구해야겠소. 혼자서 50년 산 형님도 있는데…."

"허, 참, 동생이 적적해서 산 건데…. 차라리 내가 잉꼬를 가져가지."

"허, 참, 아니라니까요 내가 잉꼬 가져갈게, 형님이 앵무새와 말 나누쇼. 허, 참. 어? 그런데 내 손가락이 왜 이리 편해? 만져도 아프지 않네. 바람만 스쳐도 아팠는데… 내 손가락 좀 봐요. 이제 마디 모양도 정상이라니까요. 아까 형님이 내 손을 쓰다듬어 줘서 그러나?"

거기서 나는 휴대폰을 닫았다. 그리고 아예 노인과 취객을 향해 몸을 돌렸다. 버스 안이 유달리 조용한 걸로 보아 다른 사람들도 그들의 말에 귀를 대고 있는 것 같았다. 그런 애길 놔두고 휴대폰에 고개를 박고 있기도 쉽지 않을 테니까. 그리고 조용한 버스에 울려 퍼지는 두 노인의 목소리가 커서 안 들을 수도 없었다.

"허 참. 형님. 나한테 무슨 요술 부렸소?"

"허 참, 동생도 이제 날개가 자라기 시작하는 게지."

취객은 자신의 손을 내려다보며 계속 허 참, 허 참을 연발했다.

내 목적지 구파발역 입구였다. 창가에 붙은 스톱버튼을 누르고 일어서자, 백발노인이 취객의 어깨를 쓰다듬고 있다가 고개를 들어 나를 쳐다봤다. 그윽하고 슬프면서 정직하고 순한 눈. 갑자기 내 얼굴이 달아올랐다. 부끄러움을 견딜 수 없어 얼른 눈을 피했다. 그의 흰 모자에 수 놓인 $A\&M$을 보면서도, 잔상처럼 어른거리는 그 눈빛에서 벗어나지 못했다. 불안스러운 수치심으로 몸이 떨렸다.

취객과 노인은 계속 애기 중이었다.

"이제 자네도 관리인이 되어야지."

백발노인이 취객에게 하는 말을 들었는데 갑자기 내 몸이 뒤로 휘청했다. 가슴이 따끔해서 엉겁결에 손이 가서 누르니 지긋하게 아팠다. 아픈 자리를 손바닥으로 누른 채 열린 버스 문으로 향했다. 내리려고 계단을 내려 밟자 또 생생한 목소리가 들렸다.

"행운아 친구! 방금 넌 야리엘을 만났어."

"야리엘?"

"주천사 중의 한 분."

그 말이 무슨 의미인지 더 물으려는데 뒷사람에 밀려 버스에서 내릴 수밖에 없었다.

뒷사람이 내리자마자 문이 닫히는 버스를 찜찜한 기분으로 서서 바라봤다. 9702, 뒤창에 큰 번호를 단 버스가 서서히 떠나갔다. 버스는 9102번이 아니고 9702이었다. 버스 앱 번호는 분명히 2019년을 뒤에서부터 배열하면 나오는 숫자 9102번이었는데… 버스를 탈 때 확인했던 번호도 9102….

버스 앱을 찾아 확인하려고 급히 휴대폰을 미는데 가슴이 찌릿찌릿 아팠다. 휴대폰을 밀던 손이 가슴으로 갔다. 뭔가 손에 잡혔다. 깜짝 놀라 내려다보았지만 눈에는 아무것도 보이지 않았다. 다시 아픈 자리를 만졌다. 손끝에 만져지는 m a g…… manager가 내 가슴 위에 튀어나와 있었다.

'글자가 박혀? 여기, 이렇게?'

중지에 엄지와 검지까지 합쳐 세 손가락으로 누르고 만지다가 퍼뜩 생각나서 주위를 두리번거렸다. 목소리, 버스에서 내 귀에 들리던 목소리에게 물으면 상황 파악이 될지도 모를 일이었다.

"이게 어떻게 된 일이지?"

마음속으로 묻다가 답이 없어서 실제 소리를 내 묻기도 했다. 대답이 없기에 "이봐요 목소리!"하고 불러도 봤다. 그러나 아무 소리도 들리지 않고 이리저리 둘러봐도 기척이 없었다.

화살을 맞아버린 1월

어두컴컴한 버스 정류장에 오직 나뿐이었다. 버스에서 함께 내린 사람들도 바쁜 걸음으로 이미 가버린 뒤였다.

가슴을 다시 천천히 만졌다. 화살, 화살이었다. 화살촉은 가슴에 박히고 manager라는 날개가 위로 튀어나온 화살이었다. 눈에는 보이지 않지만 손으로 느끼는 감각은 분명했다. 흉골 중앙에서 약간 왼쪽, manager라는 영문 글자가 조각된 화살이 직각으로 반듯하게 박혀있었다.

초록여자를 만난 2월

  나는 다시 지하철로 퇴근했다. 화살이 박힌 흉골이 아릿한데 버스를 탈 용기가 나지 않는 것은 당연했다. 퇴근 시간 사람으로 쟁여진 지하철에서는 숨이 차오르는 일이 잦아도 어쩔 수 없었다.

  잔뜩 구겨진 내 미간을 보는 치과 직원들은 나와 부딪히지 않으려고 더욱 피하는 눈치라서, 말할 상대도 없었지만 내 고민을 누구에게 풀어놓을 수도 없었다. 정체불명의 목소리를 듣고, 버스 천장에서 은실이 실비처럼 내려오고, 날개 달린 천사를 보고, 글자가 조각된 화살이 내 가슴에 꽂혔다고 하면 누가 믿겠는가? 정신의학과 진료를 조심스럽게 조언했을 것이다.

  한편으로는 나도 인정하고 싶지 않았다. 표정이 어두운 것은 살아온 환경의 영향이라 어쩔 수 없지만 나는 누구보다도 선량하고, 성실하며, 종교나 미신 따위와는 담을 쌓은 사람이었다. 그런데 그런 해괴한 일이 왜 내게 일어났는지 수긍하기 어려웠다.

다행히 manager 화살은 1주일이 지나자 손에 잡히지 않았다. 가슴의 둔한 통증도 사라졌다. 2주쯤 더 지나자, 버스에서 귓속으로 파고든 생생한 목소리와 가슴에 박혔던 화살이 내 착각이 아닐까 하고 생각하게 되었다. 아무리 따져보고 되풀이 생각해도 일어날 수 없는 일이었기 때문이다. 버스 번호를 잘못 읽는 실수야 그렇다 쳐도 글자 화살이 만져졌던 기억조차 부인하기는 어려웠지만, 나는 공황장애가 심해져 생긴 일종의 신경증 같은 것으로 이해하기로 했다.

그날은 토요일이라 오후 1시에 진료를 끝내는 날이었다. 금요일 오전을 쉬는 대신 토요일 오전 진료 담당이었다. 꾸역꾸역 진료를 마치고 치과를 나서는데 나를 보조하는 유지희 위생사가 따라 나와 지하철이 무정차 통과한다고 알려주었다. 시위 때문에 지하철이 광화문역에 멈추지 않는다는 의미였다. 지하철을 탈 수 없다는 생각에만 꽂힌 내 미간은 저절로 사납게 겹쳐졌다.

유지희는 병원에서 외톨이인 나를 좀 불쌍히 여기는 것 같았다. 그래서인지 다른 직원들은 슬금슬금 나를 피하지만 그녀는 내 진료 보조 자리를 계속 감당해 줬다. 가끔 자기 교회 부흥회에 오라는 초청장으로 부담을 주는 게 문제지만, 내가 광화문B치과에서 버티게 해주는 직원이었다. 직장에서 유일하게 친절을 베푸는 그녀에게 인상을 찌푸렸으니… 엘리베이터 앞에서 실수를 깨달았지만 되돌아가 내가 지하철을 타야만 하는 이유를 밝힐 수도 없는 노릇이었다. 숨만 입으로 길게 내쉬고 열린 엘리베이터 문을 그냥 넘어섰다.

지하철이 무정차 통과할 만큼 시위가 커진 광장 쪽은 발 디딜 틈이 없었다. 태극기와 성조기를 든 노인들 때문에 설사 지하철이 정차해도 역 입구까지 갈 수도 없을 지경이었다. 광장을 가득 메운 사람들 위로 앰프 성능을 최대로 키운 음악과 북소리가 흩날리는 진눈깨비와 함께 어지럽게 떠돌았다. 아수라장이었다. 사람들만 빼곡한 차도에 승용차도 버스도 눈에 띄지 않았다. 택시도 들어올 리 없었다. 걸어서 빠져나가기도 힘들었다.

광장을 가득 덮은 군중을 보자 숨이 막히기 시작했다. 혹시 무호흡으로 쓰러지면 그래도 경찰 곁이 나을 것 같아서 시위대와 행인들을 분리하느라 휘파람을 불어대는 경찰 쪽으로 갔다. 추위로 얼굴이 벌건 경찰이 다가서는 나에게 마지막 버스를 타고 빨리 나가라며 봉으로 광화문 빌딩을 가리켰다.

숨을 컥컥대면서 광화문 빌딩 앞까지는 겨우 갔다. 거기서부터는 밀물처럼 쏟아지는 사람들에 막혀 도저히 더 나아갈 수도 없었다. 경찰이 시위대를 밀어내고 겨우 뚫어 놓은 버스 차선도 원활할 리 없으므로 버스를 얼마나 오래 기다려야 할지도 모를 일이었다.

호흡을 잡으려면 생각을 다른 곳으로 집중해야 한다는 생각뿐이었다. 몸이 먼저 움직이면 생각이 따라오기도 한다. 코로 공기를 흑, 흑, 흑 내뿜으며 두 손을 앞으로 무조건 뻗었다. 진눈깨비가 손에 떨어져 차가웠다. 일부러 말까지 내뱉었다.

"에잇 츳, 눈땜에 손만 시리네. 짜증 나게. 허훗-쳇!"

눈까지 내리는데 왜 이렇게 노인들까지 억척스러운지…… 태극기부대 노인이고 세월호 천막이고 적폐 청산이고 뭐고 간에 지겨워, 자기주장만 외치는 패거리들, 패거리 문화가 조용히 인내하는 사람들을 짓밟는 거야. 언젠가는 저 광장에 돌이라도 하나 속 시원하게 던져버리겠어. 입 밖에는 내지 않았지만 머릿속에서 쏟아내는 생존을 위한 악다구니였다.

버스가 바로 와서 다행이었는데, 하필 9702번이었다. 지난달에 그 버스에서 경험한 황당한 일이 떠올랐지만 우선 광장을 벗어나야 살 것 같았다. 경찰도 시위대가 아닌 사람은 모두 버스에 타라며 메가폰으로 연속해서 소리쳤다. 정류장 팻말 바로 밑에서 기둥처럼 꼼짝하지 않고 기다리던 여자가 먼저 버스에 오르고 나도 뒤따랐다. 앞선 여자가 통로를 쭉 걸어가서 유일하게 통째 빈 좌석의 창가 쪽으로 들어가자 나도 그녀 옆에 앉았다.

어깨에 쌓인 눈부터 털었다. 호흡은 좀 안정되었지만, 눈발 흩날리는 날까지 광장으로 몰려든 한심하고 고집 센 노인들을 생각하고 있었으므로 이마는 잔뜩 찌푸린 채였을 것이다. 더듬거리는 여자의 목소리가 들릴 때까지 옆을 바라보지도 않았다.

"흠흠, 눈이 몸을 춥게 만든 것이 아니고, 흠흠, 체온이 눈을 녹인 거죠. 흠흠"

여자의 말이 끝난 다음에야 그녀의 말을 들을 사람이 옆에 앉은 나라는 것을 깨달았다.

내가 타인에게 호감을 주는 타입이 아니라는 것은 알고 있었으므로 버스에 같이 앉게 된 여자가 말을 걸어오리라고는 예상하지 못했다. 타인에게 먼저 다가서는 타입도 아니라서 업무가 아니면 초면인 사람에게 말을 걸어본 적도 없다. 심지어 아는 사람을 만나도 못 본 척하고 지나친 적이 여러 번이었다. 그런 나에게 여자가 말을 걸어온 것이다.

여자 쪽으로 고개를 돌리다 당당한 눈빛에 순간 흠칫했다. 그런데 그녀의 탱탱한 표정이 풍선에서 바람이 빠져가는 것처럼 여리고 나약해져 갔다. 이어 여자는 얼굴을 붉히며 고개를 숙였다. 나는 갑작스럽게 바뀐 상대의 태도를 의아해하며 그녀의 초록색 머리만 내려다보았다. 여자는 흠흠을 불어 낸 후 고개를 숙인 채 중얼거렸다.

"내 말은, 흠흠, 높은 열에너지가 낮은 열에너지로 이동한 거라고요."

나는 그때까지도 영문을 몰랐다.

"흠흠, 그래서 눈은 녹고 피부는 열을 뺏겨서 춥고. 흠흠."

"뭘 말하는 거죠?"

흠흠을 섞어 띄엄띄엄 하는 말이 대체 무슨 뜻인지 몰라 물었는데, 여자가 말을 걸어주어 내심 기분이 좋으면서도 퉁명스럽게 되묻고 말았다. 외톨이로 사는 사람의 습성화된 말투였다. 여자는 계속 고개를 숙인 채, 중얼거리듯이 말을 이었다. 부끄러워서 눈을 맞추지 못하는 것 같았다. 그런 태도가 나를 안정시키는 효과가 있었는지 나는 좀 느긋해졌고 여자의 초록색 머리를 산뜻하게 느끼기까지 했다. 머리에 눈길을 두고 대체 뭘 말하느냐고 재차 물었다. 누구와도 사적으로 대화다운 대화를 하지 않고 지내던 시기라서 나로서는 대단한 일이었다.

"아까 버스 기다릴 때, 그랬잖아요? 흠흠, 찬 눈이 손을 시리게 한다고……. 흠흠"

흠흠을 후렴처럼 끼워 넣으며 띄엄띄엄 말하는 여자의 말은 의미가 쉽게 잡히지 않았다. 세 번쯤 곱씹을 때야, 버스정류장에서 내가 뱉은 말, 진눈깨비를 맞으며 눈 때문에 손이 시리다고 한 불평에 대해 반론을 펴고 있다는 것을 깨달았다. 남이 하는 혼잣말에 이렇게 신경 쓰는 사람이 있다니. 기분이 좀 살아나서 으-흥? 콧소리를 흘리며 대꾸했다.

"아 그거? 높은 열에너지가 낮은 열에너지로 이동하니까, 눈의 냉기가 내 몸으로 들어온 게 아니고 내 피부 열이 눈으로 가서 눈을 녹였다는 뜻인가요? 그런데 그게 그거 아닌가?"

내가 이렇게 길게 말을 늘어놓다니. 말을 마치고 나서 나도 놀랐다.

"흠흠, 절대로 그게 그거 아니고요. 흠흠, 전혀 달라요, 흠흠, 열에너지는 높은 곳에서 낮은 곳으로 흘러요. 흠흠 반드시."

초록 머리 여자는 흠흠 콧바람을 연신 불며 우겼다. 홍분과 부끄러움이 뒤섞인 붉어진 얼굴로 날 흘깃 올려다보기도 했지만 대부분 고개를 숙인 채였다.

'생판 모르는 남의 말에 관심을 둘 게 뭐람, 흠흠 콧바람을

불어내는 틱 증상도 그렇고, 수줍음은 왜 이리 심해?'

　여자는 어딘가 부족해 보였다. 그런데 무슨 열에너지를 따지고, 고개를 숙이고서라도 끝까지 자기주장을 이어가는 건 또 뭐야? 지능이 부족한가? 지적 장애인? 아 천재일지도 모르겠네. 자폐성 장애 중에 사회성에만 문제가 있는 예도 있다고 했지. 아스퍼거 증후군이던가, 오히려 어떤 한 분야에서는 천재성을 가진 경우도 있다고 했어. 혼자서 생각을 이어갔다.

　서서히 덮쳐오는 호흡곤란을 막기 위해 뭐라도 해야 했고, 광장에 몰린 시위대를 향한 짜증을 누르느라 정류장에서 날씨를 탓하는 헛소리라도 중얼거렸었다. 그런 나를 먼저 와 기다리던 여자가 보고, 열에너지 이론을 잘못 이해한 것으로 여긴 모양이었다.

　여자의 느슨하게 묶인 초록 머리에 눈이 갔다. 아내였던 화영은 노란빛에 가까운 밝은 갈색 염색을 했었다. 화영의 머리카락은 색이 밝아 촛불 집회하는 밤에도 눈에 잘 띄었다. 그런 화영을 나는 노랑여자라고 불렀었다. 그런데 여자의 머리는 초록색이라서 초록여자라고 속으로 명명했다. 여자의 외모를 평하기도 했다. 나이는 30대 혹은 40대? 정확히 가늠하기 어려웠지만 눈매가 예뻤다. 은색 실이 섞인 감색 스웨터가 세련되어 보이고 갈색 모직 큐롯팬츠와 잘 어울렸다. 유행하는 앵글부츠도 단정했다.

　"열에너지 흐름 따위가 왜 그렇게 중요해요? 이쪽에서 저쪽으로 가든, 저쪽에서 이쪽으로 오든 그게 그거지."

심드렁하게 물었지만 나는 이미 초록여자에게 꽤 끌려있었다. 선이 반듯한 그녀의 콧날을 넘어 온 바람이 산들산들 부딪히는 것처럼 가슴이 선선했다. 처음 만난 여자가 말을 붙여주다니. 더구나 여자에게 틱 증상과 부끄러움증이 있어 오래전에 알던 사람을 만난 기분이었다. 나도 가끔 원인 모를 수치심에 시달리기 때문이다. 아무에게도 말하지 않았고 남에게 들키지 않으려고 안간힘을 썼지만, 아내였던 화영은 뿌리 깊은 내 내면의 부끄러움을 눈치챘을 것이다. 소심하고 쪼잔한 남자라고 자주 말했으니까.

"여자에게 먼저 대시하지 못하는 남자들이 많다는 걸 알고 있었거든."

결혼한 다음에 화영이 나에게 한 말이었다. 여자에게 내가 먼저 접근을 못 할 남자라서 자신이 강하게 들이밀었다는 뜻이었다. 남자 친구를 여럿 가져본 화영은 소심한 사내를 다루는 요령이 있었다. 이제는 나도 40년 이상 살고 결혼하고 이혼하고 직장 생활 해가며 소심증은 어느 정도 극복했다. 다행히 내 직업은 날마다 사람의 얼굴을 바라보고 입안까지 샅샅이 볼 수 있는 치과의사라서 업무상 만나는 사람에 대한 두려움은 어느 정도 해결되었다. 실행은 안 했지만, 처음 만나는 여자라고 해서 말을 못 붙일 정도는 아니다.

노랑여자 화영은 이목구비가 뚜렷하고 특별히 피부가 희었다. 성형외과와 피부과를 쉼 없이 드나든 결과이기도 했지만 외모로는 누가 봐도 예쁜 여자였다. 영문학을 전공하고 에세

이를 쓰는 여자답게 지적인 이념 대화를 즐기기도 했다. SNS에서 화영이 추종자들에게 날리는 내용을 읽으며 어쩌면 그리 일목요연하고 핵심만을 추려낸 문장으로 정리 할 수 있는지 감탄할 때가 많았다. 언변과 논리로 진보 진영 리더그룹에서 활동하는 그녀의 능력이 신기할 지경이었다.

그러나 초록여자가 시도하는 식의 대화는 처음이었다. 여자들과 대화 자리를 일부러 피하기도 했지만, 지나치며 듣는 중에도 열역학법칙으로 따지고 드는 여자는 없었다.

"그런데 열에너지 이동이 뭐죠?"

전혀 모르는 것은 아니지만 여자가 고개를 들어 선이 고운 콧날을 보여줄 것을 기대하며 물었다. 내 기대와는 다르게 초록여자는 한참 동안 고개를 들지도 대답하지도 않았다. 다만 앞 의자 손잡이를 꽉 쥐고 있던 오른손을 풀어 왼손으로 잡고 있던 무릎 위의 에코백 안을 뒤적였다. *A&M*이란 갈색 인쇄가 무늬처럼 들어간 누런 무명 에코백이었다.

허둥지둥 뒤적이는 그녀의 손길에 치여 더 작은 가방이 에코백에서 바닥으로 떨어졌다. 내가 먼저 엎드려 발밑의 주머니를 집어 들었다. 화장품 같은 걸 넣어 다니는 파우치였는데, 연두색 바탕에 흰 데이지 꽃무늬가 잔잔했다. 내 손가락 사이로 보이는 작은 꽃들이 어색하게 다가왔다. 여리고 따뜻한, 여성적인 무엇이 부드러운 패브릭의 감촉과 함께 번져 들었다.

마음에 이는 아릿함을 느끼며 파우치를 내려다보다 퍼뜩 정신이 들어 초록여자에게 내밀었다. 파우치를 받아드는 손가락이 희고 길고 가늘다고 생각하는데 로즈마리 향이 나는 것 같았다. 이전에도 나는 가끔 여자의 손끝을 보면서 향에 취한 것처럼 어지러움을 느낀 적도 있었다. 두 살 때 떠난 엄마를 하도 그리워했던 어린 시절 때문이라는 것이 나의 짐작이다.

-열에너지는 높은 온도에서 낮은 온도 쪽으로 흐른다 : 열역학 제2의 법칙.

파우치를 에코백에 집어넣은 초록여자가 스프링 노트와 볼펜을 꺼내 적었다. 글씨가 줄지어 선 것처럼 단정했다. 반듯하고 고른 글씨가 파우치에 있던 데이지 꽃처럼 잔잔했다.

대학에서 생명공학을 전공하고 치의학전문대학원을 나온 나도 물리나 화학에 문외한은 아니다. 열역학법칙을 설명하라면 대충은 할 수 있다. 그러나 그녀의 필체에 취해선지 갑자기 생소한 느낌으로 다가왔다. 이제 그녀는 얼굴을 붉히지 않았다. 부끄러움이 사라진 초록여자의 피부는 창백했다. 녹음 아래 그늘처럼 평온하고 투명한 응답 같았다.

-자발적 과정-

양쪽에 하이픈을 단 그녀의 글씨들은 편평 저울로 재서 무게까지 맞춘 듯이 고르고 일정했다.

"자발적이란?" 내가 물었다

"흠흠, 자연에서 일어나는 흠 즉 흠흠, 다른 에너지의 소모 없이 일어나는 변화, 흠흠"

그녀는 흠흠을 연발하며 겨우 말을 잇다가 포기한 듯 노트에 다시 적기 시작했다. 말만 하면 나타나는 틱 증상을 스스로 조절할 수 없는 것 같았다.

"ex) 열은 언제나 따뜻한 곳에서 찬 곳으로 흘러요. 절대 거꾸로 흐르지 않아요. 에너지의 소모 없이도"라고 초록여자는 천천히 말해가며 썼지만 그녀의 손끝에서 나와 줄 맞춰 세워져 가는 예쁜 글자들에 감탄하느라 귀담아듣지는 못했다. 운행 중인 버스 안이지만, 그녀가 쓴 반듯하고 일정한 글자들이 잘 연마된 진주들을 꿰어놓은 것처럼 깨끗하고 우아했다. 그 후, 무질서는 절대 줄지 않고 점점 더 큰 무질서로 향한다느니, 우주의 엔트로피가 증가한다느니 하는 말들을 했지만 나는 신경 쓰지 않았다. 그녀가 써 놓은 글씨가 예쁘다는 생각뿐이었다. 초록여자는 글을 쓰는 동안에는 안정되고 평온해 보였다. 전혀 틱 증상이 없었다. 여자와 글씨를 번갈아 바라보던 내가 용기를 내서 손을 내밀었다. 받아든 볼펜대가 그녀의 체온으로 따스했다.

-난 광화문이 직장인데, You too?

"비슷해요."

-내 이름-정 현우, you?

내 생애 처음으로 관심을 갖고서 묻는 여자 이름이었다.

-은 설희. 초록여자가 적어 가자 나지막이 내가 읽었다.

-광화문 어디가 직장?

-카페 A's BEAN, 새문안점.

A's BEAN이라면 장애인들을 직원으로 고용해서 경영하는 사회적 기업이다. 점장만이 비장애인이고 직원 대부분이 장애가 있는 이들이었다. 전국에 지점이 있는데 내가 일하는 치과

에서 걸어 10분 거리에도 A's BEAN이 있었다. 언젠가 그 카페에서 아메리카노를 테이크아웃 한 적이 있었다.

함께 갔던 원장이 장애인들에게 일자리를 주고 사업주는 아마 세금의 혜택을 누릴 것이라며 꽤 좋은 사업 아이템이라고 했던 말이 기억났다. 커피를 느릿느릿 내리고 천천히 뚜껑을 덮고 더디게 보온 홀더까지 싸서 건네주며, 고개를 깊이 숙여 인사하던 이는 20대로 보이던 청년이었다. 유난히 튀어나온 상악 중절치를 보며 지적장애인인가 하고 추측했었다.

초록여자 은설희도 그 카페의 직원이라면 장애인일 가능성이 높았다. 하긴 입만 열면 흠흠하니. 그런데 틱만 심해도 장애인일까? 그렇다면 공황장애가 있는 나도 장애인? 곧 나는 아직 공황장애 환자까지는 아니라고 고개를 저었다.

할 말이 언뜻 생각이 안 난 내가 노트에 적었다.

-A's BEAN의 A는 무엇의 약자? 사장님이 안 씨?

"Angel의 A"

나는 A's BEAN이 장애인 고용을 하는 사회적 기업이니까 하며 Angel과 연관 지었다.

-과학 공부했어요? 물리? 화학?

써가는 것에 재미가 붙어 노트에 적어서 물었다. 말로 하는 것보다 의외로 편했다. 초록여자가 볼펜을 가져가 내가 써 놓은 '화학'에 동그라미를 치고 그 밑에 적었다.

-세상 온갖 것이 화학이죠.

"온갖 것?"

"그럼요, 흠흠 세상은 화학 천지, 흠흠"

말을 잇던 그녀가 흠흠을 떼어버리고 싶은지 노트에 다시 적었다.

-화학으로 모든 상황은 설명 가능해요.

"설마 모든 게 그렇겠어요? 세상에는 자연과학뿐만 아니고 사회과학도 있는데……." 은설희가 노트에 새 글을 적기 시작해서 입을 다물었다.

-소디(노벨화학상 1921년)의 주장: 열역학법칙이 모든 정치 체제의 흥망성쇠, 국가의 자유와 속박, 상업과 산업의 동향, 가난과 부의 근본 그리고 종족의 복지까지도 관장한다.

"아니 그건 그렇고" 말로 하려다 노트에 적기 위해 은설희가 들고 있던 볼펜을 뺏었다. 내 손이 그녀의 손등을 스치며 부드럽고 따스한 기운이 스며들었다.

-카페에서는 무슨 일 하죠? 커피 내리는 일? 카운터? 아니면 구조식으로 커피를 제조?

내가 쓰고 있는데 "바리스타, 가끔 카운터 일도 하고" 초록 여자가 의외로 말로 답했다. 이제 흠흠은 붙이지 않았다. 더구나 그녀가 아직 노트 위에 볼펜을 쥐고 있는 내 손등을 느리게 쓰다듬어 놀란 쪽은 나였다. 그녀는 미소를 달고 나를 바라봤다. 아련한 기분에 빠지게 하는 미소, 그녀의 미소를 피해 나는 고개를 숙였다.

"화학으로 설명되는 것은 진실이죠. 진실을 보려고 노력하면 앵무새로 살지는 않아요."

그녀가 낮고 은은하게 말했기 때문일까, 잠시 몽롱했다. 잠시 후에야 앵무새란 말이 내 안으로 들어와 지난달 버스에서 만난 앵무새와 술꾼, 그리고 백발노인이 생각났다. 그날 버스에서 보았던 초록색 머리 여자의 뒷모습도 떠올랐다. 갈색 머리 아가씨를 위기에서 구해, 앞세우고 가던 베이지색 야구 모자를 썼던 여자.

광화문 빌딩 앞에서 버스를 탈 때부터 초록여자 뒤에 내가 따라붙었었다. 느슨하게 묶인 초록 머리를 바라보며 버스에 오르고 그녀가 가서 앉은 옆 좌석에 앉았던 것이다. 자력에 이끌리듯이 그녀를 따른 것은 초록 머리에 대한 기시감 때문이었을까? 마음이 급해진 내가 말로 물었다.

"지난달, 이 버스에서 술꾼 옆에 있던 아가씨를 도운 사람 맞아요? 27년을 홀로 살아가던 취객이 앵무새를 사서 가고 있었는데…. 흰색 야구 모자 쓴 백발노인이 취객과 친구가 되었고."

초록여자 은설희가 날 빤히 쳐다보다 생각난 듯이 '아하' 했다. 바로 그 초록 머리 여자, 갈색 머리 여자를 도운 여자라는 의미였다.

"세상은 과학적, 객관적으로 보아야 제대로 보여요. 삶을 잘 관리하려면 합리적사고가 필수죠."

은설희가 아까 했던 말로 되돌아갔지만 나는 더 이상 듣고 있을 수만은 없었다.

"세상? 관리? 혹시 사회개혁을 꿈꿔요?"

노랑머리 화영이 떠올라 누구처럼? 이라는 말을 덧붙이려다 삼켰다. 은설희는 나를 쳐다보고 치열을 넓게 펴 보이며 소리 없이 웃었다. 고른 치아들이 시원하게 드러나 편하고 소탈

해 보였다. 이런 사람이 사회개혁을 하겠다고 떠드는 사람일 리 없다고 나답지 않게 바로 정리했다. 초록여자는 아예 노트를 접고 말로 이었다.

"현우 씨와 금방 편해졌어요. 난 편한 사람 앞에서는 틱이 없어지거든요."

"그 아가씨와 친구예요? 그날 도와준 갈색 머리 아가씨와?"

"아니요. 그날 처음 만났죠. 천사와 관리인은 아는 사람만 돕지 않아요."

"천사? 설희 씨, 혹시 이 9702번 버스에서 천사를 만난 적 있어요?"

"당연하죠. 천사는 사람 있는 곳에는 어디에나 있어요. 지금 이 버스에도 많은 천사가 있죠. 지금도 현우 씨 곁에서 수호천사가 돕고 있고."

"아니 화학 법칙을 논하던 사람이……."

어이가 없었다. 그녀가 말하는 과학적, 객관적 사고와도 거리가 멀었고 합리적인 것과도 동떨어져 있었다. 들뜬 기분이 급하게 사그라지고 반대로 암담해졌다. 지난달도 그랬지만 이 버스 안에 우연이라고 치부하기 어려운, 기획된 뭔가가 진행 중인 것 같았다. 좋은 분위기를 훼손하고 싶지는 않았지만 물어야만 할 것 같았다.

"당신들 정체가 뭐요?"

"우린 관리인들이죠."

막연하게 당신들이라고 물었는데 초록여자가 우리라고 구체적 복수로 답했다. 관리인들이라고. 그럼 그 생생한 목소리와 내 가슴에 manager 화살을 쏜 백발노인도 관리인? 그런 초자연적인 일을 만들어내는 것이 사람의 짓? 그리고 그들이 모두 한패? 생각이 어지럽게 요동치며 겹쳐졌다. 지난달 버스에서의 경험을 초록여자에게 모두 털어놓고 정보를 얻을까 하는 생각도 스쳤다. 그러나 처음 만나 얘기를 튼 여자에게 전혀 현실성 없는 얘기를 늘어놓기도 그랬다. 정신병자 취급을 당해도 섭섭해할 수 없는 내용이니까.

어디서부터 물어야 할지 갈피를 잡지 못하고 있는데, 들고 있던 내 휴대폰에 진동이 울렸다. 폰 액정에 '노랑여자화영'이 떴다. 얼른 종료 버튼을 눌러 버렸다.

"흠흠 전화 받아도 돼요. 흠흠"

"그럴 필요 없어요."

"흠흠, 그러면 노랑여자 화영 씨가 섭섭해하잖아요?"

"별로 안 그럴걸요."

아내였던 화영은 이혼 후에도 가끔 연락하지만, 나는 화영이 날 좋아해서 그런다고 생각하지 않았다. 오히려 날 좋아한 적이 없었을 것이라고 단정했다. 그건 나도 마찬가지기에.

결혼을 하게 된 건 우리의 몸이 성장한 성인이었고 이성의 육체가 필요한 시기였기 때문이다. 화영과 나는 대학 시절 같은 동아리 회원이었지만, 서로에게 관심이 없었다. 대학 시절 화영에게 관심을 두는 선후배는 많았으니까. 그런데 대학 졸업 후 9년이나 지난 어느 날 화영이 날 찾아왔다. 내가 치전원을 나와 치과의사가 되어 광화문B치과에서 페이닥터로 근무를 시작했을 때였다. 스타벅스 아메리카노가 4개씩 든 캐리어를 양손에 들고 온 화영은 병원에서 며칠간 화젯거리였다. 말수 없고 어수룩한 페이닥터에게 여자가 찾아오리라고는 누구도 예상치 못했기 때문이다.

  2개월 뒤 우리는 서대문 반지하 연립주택에서 함께 살기 시작했다. 화영의 예상과는 달리 내 수입은 많지 않았고 연립주택 월세 보증금도 화영이 그동안 시민운동단체에 근무하며 모아온 돈이 대부분이었다. 3년쯤 지나 영리한 화영은 앞으로도 내가 큰돈을 벌 위인이 못 된다는 걸 깨달았을 것이다. 편의점처럼 치과가 많은 이 시대에는 의사의 능력이 중요하다는 걸 알고, 나는 경쟁력에서 어느 치과의사보다도 뒤지며 큰돈을 벌 의욕 자체가 없다는 걸 눈치챘을 것이다. 결국 올 때처럼 화영은 갈 때도 자유의사로 떠나갔다. 올 때는 앞날이 불투명한 시민운동본부의 과장에 불과했지만 갈 때는 공기업 이사직을 꿰찬 전도양양한 여성리더였다. 촛불 집회에 밤마다 참여하여 마이크를 붙들고 외치던 구호의 대가를 받은 것이다.

  큰 다툼 없이 헤어졌기 때문인지 아니면 나를 자기 마음대로 할 수 있다는 자신감 때문인지 화영은 이혼 후에도 계속 연락을 해왔다. 화영도 아직 재혼하지 않았으므로 무료할 때, 누군가와 말을 하고 싶은데 연락할 데가 없을 때, 또는 그저 의미 없고 뒤끝 없는 전화나 카톡을 하고 싶을 때 그럴 것이다.

"어디서 내리세요? 흠흠"
"구파발"
"어머 지금 지축이에요. 흠흠 흠흠"

초록여자 은설희의 높아진 억양을 듣고 밖을 보니 처음 보는 풍경이었다. 구파발은 이미 지난 다음이었다. 내려야 하는데 그녀를 그냥 보내는 게 아쉬울 뿐만 아니라 나는 알아내야 할 것이 남아있기도 해서 어찌해야 할지 망설였다. 그때 내 귓속에 1월에 들었던 생생한 목소리가 다시 찾아왔다.

"친구! 오늘은 여기까지. 기회는 만들면 되지."

'아니, 난 지금 더 알아야겠어.'

"대신 그녀의 연락처, 전화번호를 묻지 그래."

우겼더니 생생한 목소리가 구체적으로 조언했다. 여유 있고 부드러운 목소리, 오랜 친구로서 우정 어린 조언을 날리는 투였다.

생생하면서도 다정해서 다시 듣게 된 목소리가 살짝 반갑기까지 했다. 조언 내용으로 보아 내가 스스로 그런 생각을 못 해낼 사람임도 알고 있었다. 은밀하게 버스에 앉아 이제까지 그녀와 나눈 대화, 내 감정까지 보았을 가능성도 있었다. 슬그머니 부끄럽고 자존심도 상했다.

우기는 걸 멈추고 목소리의 뜻을 따라야 할 것 같았다. 그러면서도 상한 자존심은 수그러들지 않아, 목소리가 조언했던 연락처 대신 어느 곳에 사느냐고 초록여자에게 물었다.

"파주에서 엄마랑 흠흠" 말하다 말고 초록여자가 다시 흠흠을 쏟아냈다.

버스 문은 이미 열렸고 기사는 내가 내리기를 기다리기에 할 수 없이 앞으로 나갔다. 내리기 직전 일단 그 버스를 내리면 지난번처럼 목소리가 사라질지 모른다는 생각이 퍼뜩 떠올랐다. 급히 내 가슴을 내려다보며 물었다.
"당신도 관리인이요?"
"나? 너의 수호천사지."
생생한 목소리의 답변이었다.

야구 모자를 쓴 천사의 3월

초록여자 은설희를 만난 이후에는 쭉 9702번 버스를 이용해 퇴근했다. 버스 뒤쪽에 앉는 버릇도 생겼는데, 두리번거리며 통로를 지나는 나를 주시하는 사람이 있었다면 누군가를 찾고 있음을 쉽게 눈치챘을 것이다.

늘 초록여자 은설희를 생각하며 버스를 탔으나 그녀는 보이지 않았다. 처음에는 퇴근 시간이 다를 수도 있겠지 했다. 주중 나의 퇴근 시간은 오후 6시로 일정하지만, 카페는 그렇지 않겠지 하고. 초록여자를 만났던 날이 토요일이었다는 것을 떠올리고는 토요일에는 특별한 기대를 품었지만 3월 말이 되도록 그녀를 다시 보지 못했다. 생생한 목소리, 내 수호천사라고 자칭하던 목소리라도 다시 나타나길 바랐지만 웬일인지 목소리도 더 이상 들리지 않았다.

한 달이 넘도록 만나지 못하자 나는 점차 초록여자도 목소리도 잊어갔다. 그녀가 근무하는 A's BEAN에 찾아가면 만날 수 있겠지만 주어진 대로 살아가는 나에게 그럴 적극성은 없었다. 버스에 앉아 휴대폰만 뒤적이며 퇴근 시간을 보냈다. 그때쯤엔 새해맞이 증후군도 줄어들어서 두려움증도 견딜만했고 버스를 탄 후에는 사람이 적어서인지 공황장애 증상도 거의 나타나지 않았다.

따지고 보면 두 번 만난 여자에게 특별한 감정을 품는다는 것도 어색했다. 더구나 첫 만남에서는 뒷모습을 보았을 뿐 직접 얘기를 나눈 것도 아니었다. 물론 관리인과 천사에 관해 더 묻고 싶은 것이 있었다. 그러나 그녀를 다시 보고 싶은 내 감정은 단순히 의문을 풀고자 함이 아니라는 걸 인정해야 했다. 웬일인지 나는 초록여자를 너무 자주 떠올렸기 때문이다. 일을 하면서도 길을 가면서도 자려고 침대에 누워서도 문득 5월의 녹음 같던 얼굴과 초록 머리가 생각났다.

생각 끝에, 은설희의 틱 증상이 어딘가 부족해 보여 공황장애를 가진 내가 동질감을 느꼈을 것이라고 판단했다. 그래서 끌렸던 것이지만 다시 만날 수 없다면 잊을 수밖에. 나로서는 그게 편했다.

은설희를 만나기 전에는 화영을 길에서라도 만나면 좋겠다고 가끔 생각했다. 실제로 지난해 11월 코리아나 호텔 앞에서 화영을 만난 적이 있는데 화영이 다짜고짜 나를 그 호텔로 이끌었다. 우리가 다시 보게 될 때, 특별한 일이 없는 한 화영은 내 손을 잡고 또 호텔로 갈 것이다. 내가 전화하면 화영이 받아 줄 것이라는 확신도 있었다. 내 쪽에서 먼저 전화를 건 적은 없지만, 내 전화에 보일 화영의 반응을 상상하기는 쉬웠다.

"왜? 무슨 일 있어?" 화영은 출장 간 남편의 전화라도 되는 것처럼 그렇게 받을 것이다. "그냥, 적적해서" 내가 대답하면 "실없기는. 혼자라고 대충 먹지 말고 밥 잘 챙겨 먹어."라고 말할 것이다. 화영은 그런 여자였다. 말에 의도적인 온기를 넣어서 듣는 이를 감동시키려드는 수단이 있었다. 몇 번 당해 보면 알게 되지만 처음에는 누구나 말의 포장지가 된 그 온기에 속을 것이다.

초록여자 은설희는 그런 여자가 아닐 것 같았다. 사람을 대하는 방식에 그녀가 상업적 계산기를 쓰지 않을 것이라는 내 믿음에는 근거도 있었다. 열역학법칙에 어긋난 말을 한 사람을 만나면 바로잡아야 하는 여자였으니까. 그리고 그녀에게 다분했던 부끄러움도 그 근거 중의 하나였다. 솔직하게 자신을 들여다보면 부끄럽지 않을 사람이 있을까? 수치심을 느낄 줄 아는 것은 자신에 대해 정직하다는 의미였다. 그러므로 초록여자가 보인 부끄러움은 내게는 신선하면서도 진실한 무엇이었다. 아내였던 화영의 얼굴에서는 부끄러움 따위를 본 적이 없었다.

몇 년 전 점심시간, 식당을 찾아가던 중 광화문 광장에 세워진 연단에서 마이크를 잡고 연설하는 화영을 멀찍이서 본 적이 있다. 그때는 광화문이 온통 촛불집회를 이끄는 진보 측 무대였다. 진보 측 리더에 속한 화영의 연설은 능변이었고 목소리는 당차고 명확했다. 연설을 위해 스피칭 개인교습까지 받으며 갈고닦은 실력이었다. 화영이 마이크를 잡고 5분도 채 되지 않아 시위대는 환호로 화영에게 화답했다. 나도 가던 길을 멈추고 세종문화회관 앞 가로수에 어깨를 기대고 들었다.

"300여 명의 우리 아이들, 정부의 잘못으로 죽었습니다. 무능하고 국민의 생명에는 1도 관심 없는 대통령 때문에 죽었습니다. 대통령은 대체 그 시간에 뭘 했단 말입니까? 청와대에서 굿을 하고 있었나요? 성형수술을 받고 있었나요? 아니면 시내 호텔에서 내연남을 만났나요? 우리 아이들의 죽음에 대한 책임을 반드시, 반드시 물어야만 합니다. 그래서 베일에 싸인 대통령의 그 일곱 시간을 초 단위로 밝혀내야 하는 것입니다. 그 시간에 성형을 했는지 굿을 했는지 남자를 만나 호텔에서 무얼 했는지 밝혀야만 합니다."

북소리가 요란하게 울리고 박수와 함성이 화영의 연설에 길게 따랐다. 광장을 가득 메운 군중이 열광했다. 곧이어 화영은 포동포동한 학생을 불러 단상에 세웠다. 엎어져 침몰되어 가던 배에서 운 좋게 살아나온 고등학생이었다. 여학생은 대통령 때문에 친구들이 죽었으니 살려내라고 외쳤다. 시위에 모인 수만 명이 일제히 동조의 박수를 보냈다. 빌딩 숲으로 둘러싸인 분지가 분노의 환호성으로 들썩였다. 눈물이 뒤섞인 화영과 아이의 하이노트 목소리가 환호성을 부추겼다.

광장의 경계 밖에서 듣던 나는 가슴이 아릿하고 답답했다.

'사람의 행동을 초 단위로 나눠 설명하라니… 대체 그걸 알

아낸다 한들 이제 와서 무엇에 쓰지? 아이들이 이미 죽어버렸는데.'

굿, 성형수술, 내연남, 어느 것도 근거 비슷한 것도 대지 못하면서 그저 군중을 선동하기 위해 함부로 내뱉는 말, 그 말에 시위대는 무조건 동조했다. 누구도 사실 여부를 따지려 들지 않았다. 아무런 근거 없이 들먹이는 화영, 근거 따위는 묻지도 따지지도 않고 손뼉 치는 사람들, 선동으로 다수를 만들고 그 다수의 힘으로 사람 하나 매몰시키기는 어렵지 않아 보였다. 역사가 이렇게 만들어지는 건가? 프랑스혁명 때도 저런 선동으로 누군가의 죽음을 불러왔겠지. 히틀러는 저런 선동으로 600만 명을 죽일 명분을 쌓았을 테고. 이미 수장되어 버린 수많은 죽음 위에 또 희생자를 만들자는 선동. 끔찍했다.

그 후, 화영의 연설이 들릴까 봐 점심시간에 일부러 광장 쪽에서 먼 서대문 골목 음식점을 찾아다녔다. 시위대와 선동꾼으로 들끓는 광장을 피해 먼 거리의 식당으로 향할 때면 물 위에 떠 있던 배의 밑바닥 꽁무니가 떠올랐다. 들떠서 제주도로 수학여행 가던 고등학생들이 그 안에 갇혀있던 배의 밑바닥.

치과 대기실 TV에서 수학여행 가던 고등학생들을 포함해 300여 명을 실은 배가 바다에 엎어져 있는 것을 보고 퇴근한 날, 화영 역시 집에서 그 장면을 보고 있었다. 그날은 모든 방송이 수다스런 리포터의 목소리를 얹어 그 광경만 계속 내보냈다. 당시엔 서대문에 살고 있어서 걸어서 20분이면 집에 갈 수 있는 거리였다.

내 퇴근에 맞춰 미리 주문해 놓은 감자탕이 배달되자, 화영은 감자탕에는 소주가 최고라며 잔을 스스로 채웠다. 큼지막한 돼지 뼈를 양손으로 들고 눈은 흥미진진하게 TV에 고정했다. 뼈에서 살점들을 섬세하고 깔끔하게 발라먹은 화영은 감자탕에 밥을 말아 떠먹어가며 보았다. 사람이 든 배가 바다에 엎어져 있는 화면을 빤히 보면서 음식을 넘기기가 쉽지 않은 나는, 맨밥만 끼적거리다 화영처럼 감자탕에 밥을 말았다. 술은 마시지 않았지만 그렇게 나도 밥 한 공기를 다 비웠다.

그때, 왜 누구도 아무런 시도조차 하지 않았을까? 아이들이 배 안에 있는 줄 뻔히 알면서. 점점 가라앉던 배를 왜 물에 잠기도록 내버려두었는지, 되든 안 되든 뭔가 시도하지 않고 바라보기만 했다니. 화영도 나도 시위대도 대통령도 모두 배안의 사람들을 살리려고 아무런 시도도 하지 않은 사람들이었다. 죄를 따지자면 누구도 자유로울 수 없는 이유였다.

이혼 후, 한 번도 내가 먼저 화영에게 연락하지는 않았다. 가끔 그녀의 몸이 그립기도 했지만, 포장된 표정을 보고 싶지 않았다. 포장지만 벗기면 탐욕스럽고 몰인정한 내면을 마주해야 할 것 같은 두려움이 있었다. 그리고 수동적인 내 성격 탓도 컸다. 우리 사이에 아이가 있는 것도 아니어서 소심증을 숨기고 용기를 내야만 할 현실적 이유도 없었다. 그런데도 화영에게서 전화가 오면 나는 받고 그녀의 물음에 답변했다. 별로 보고 싶지도 않고 좋아하지도 않으면서. 화영도 나에게 그런 감정일 텐데 화영은 전화를 걸고 나는 받았다.

3년을 부부로 산 화영에게도 그러는데 한 번 만난 여자를 그리워한다고 해서 대단한 감정이 아닐 것은 분명했다. 어디서나 인기 없는 나를 초록여자라고 특별히 눈에 넣어두었을 리도 없었다. 그런데도 나는 초록여자를 만나고 싶었다.

한 달이 넘도록 은설희는 버스에 오르지 않았다. 수동적인 사람은 포기가 빠른 법이다, 초록여자를 보겠다는 염원도 점차 옅어졌다. 그런데도 굳이 버스를 타는 것은 광장의 시위가 더 맹렬해진 탓도 있었다. 낮이 길어지고 날씨가 풀리자 광화문 광장 시위 규모가 한층 커져, 지하철역까지 가려면 사람들 틈새를 뚫고 가야 하는 날이 많았다. 진보 측 촛불집회도 싫었지만 노인들로 들끓는 보수 측 시위는 더 싫었다. 하루 내내 들었던 소음을 더 크게 들어가며 군중 속을 헤집고 지하철역까지 가는 것이 지긋지긋했다. 이래저래 버스를 타고 퇴근하는 것이 몸에 익어가던 중이었다.

"친구! 그녀를 직접 찾아가지 그래."

퇴근 시간 9702번 버스에 앉아 휴대폰에 펼쳐진 아이돌 가수의 얼굴을 확대해 보고 있는데 느닷없이 생생한 목소리가 나섰다. 2월 이후 처음 듣는 수호천사 목소리였는데, 오랜만이라서인지 반가웠다.

"왜 이제 나타나요? 어디 갔다 왔죠?"

"어디 가긴? 언제나 네 곁, 네 영혼에 계속 속삭였지, 네가 듣지 못하는 것뿐."

"내 말은 지금처럼 내 귀에 목소리로 나타나지 않았냐는 거죠."

"보통 사람이 천사를 직접 보거나 목소리를 접하려면 아주 특별한 셈법이 작용해. 위치, 속도, 시간, 몸과 영혼의 파동, 환

경이라는 변수, 이 버스에서 네 영혼이 아주 절박해져서, 운 좋게 파동이."

"밀면 어떡해?"

수호천사의 말에 흥미를 갖고 집중했는데, 하필 앞쪽에서 오는 여인의 신경질적인 외침 때문에 천사가 말을 뚝 끊었다.

"젊은 사람이 순서대로 타야지. 눈 다쳤으면 큰일 날 뻔했잖아?"

천사를 쫓아버린 두 여인을 원망을 섞어 바라봤다. 대학생처럼 보이는 청년이 고개를 조아리는 걸로 보아, 청년이 뒤쪽으로 오려고 서두르다 여인들을 밀친 모양이었다. 좁은 버스 통로에서 가끔 있는 일이었다. 밖을 보니 영천시장 입구였다.

머리를 조아린 청년은 헐떡거리며 내 쪽으로 다가왔다. 내가 앉은 좌석까지 와서 창 쪽으로 들어가려고 발을 내 무릎 앞으로 허겁지겁 들이밀었다. 버스에 아직 빈 좌석이 있는데 굳이 내 옆에 앉으려는지 의아했지만 내가 창 쪽으로 옮기며 앉아 있던 자리를 내주었다. 청년은 망설이는가 싶더니 내가 앉았던 통로 쪽 좌석에 앉았다. 나처럼 검은 뿔테 안경을 쓴 그의 눈빛이 불안해 보여 나처럼 소심하겠거니 했다.

건장한 남자 둘이 뛰어오른 것은 버스 문이 닫히기 직전이었다.

"어어, 통로 막지 말고, 들어갑시다."

아직도 어정쩡하게 통로에 서서 다친 부위를 확인하는 여인들을 나무라며 두 남자가 다짜고짜 들어왔다. 반사경 선글라스를 쌍둥이처럼 쓴 그들은 나와 청년이 앉은 좌석의 반대

편에 철퍼덕 앉았다.

여인들은 뿔테 안경 청년을 다루던 태도와는 다르게 군소리 없이 와서 내 뒷좌석에 앉았다. 영천시장에서 장을 봐오는 길인지 비릿한 해산물 냄새가 뒤에서 넘어왔다. 여인들은 요즘 젊은 애들은 조심해야 한다느니, 지난번에도 가방을 멘 애들 사이에 끼어 눈을 다쳤다느니, 그래서 젊은 사람 주위에 서지 말아야 한다느니 하면서 서로를 위로했다.

뒷자리 여인들의 성토 대상이 된 옆 청년이 곤혹스럽겠다 싶어 슬쩍 청년의 안색을 살폈다. 겁에 질린 사람처럼 얼굴이 파리했다. 몸까지 나처럼 비쩍 마른 그는 역시 나만큼이나 소심한 사내였다. 청년의 태도를 곁눈질하며 뒷자리 여인들이 그 얘기를 어서 접기를 바랐다. 독립문역쯤에서 다행히 여인들은 다른 얘기로 들어갔다. 요리 얘기인 것 같았다.

"물 좋은 거로 골라서 운 좋았어."

"우리 아들은 꼬막 비빔밥을 좋아해. 어려서부터 그랬다니까. 저녁으로 해줘야겠어. 마침 참꼬막을 구해서 다행이야."

여인들을 따라온 비릿한 냄새의 근원을 파악하게 되었다. 내 의자 바로 뒤쪽 여인의 발밑에 아들을 위해 요리할 꼬막이 든 비닐이 놓였을 것이다.

"요새는 참꼬막 찾기가 쉽지 않아."

"그렇지, 어디를 가나 개꼬막뿐이라니까. 고향에서 먹던 참꼬막이 귀해."

여인들의 얘기는 참꼬막과 개꼬막 구별법으로 이어지더니 꼬막 요리법으로 번졌다. '고향과 꼬막' 그 단어가 새삼스럽게 내게 엄마를 불러왔다. 나는 깊은 한숨을 내쉬며 머리를 뒤로 젖히고 눈을 감았다.

"고향이 보성이었어. 녹차밭이 있는 동네. 꼬막이 많이 나는 벌교 옆 동네."

만났을 때 엄마가 중얼거리듯이 하던 자기소개였다. 머리에는 캡이 미니로 달린 자주색 패브릭 모자를 썼고, 창백한 얼굴에서 살 한 점 찾을 수 없었다. 쑥 들어간 눈, 튀어나온 광대뼈, 움푹 파인 볼, 뭉크의 그림 절규를 보듯 두개골 모양을 그대로 느끼면서 나는 엄마를 주시했다. 자궁암 치료 중이라고 했다. 집을 나간 후, 한 번도 연락이 없던 엄마가 나를 찾은 것은 살아갈 가능성이 희박하다고 본인도 알 때였으리라.

"교회 다니니?"

엄마가 나에게 건넨 첫마디였다. 엄마가 나를 만나 첫마디로 종교 얘기를 하리라고는 상상하지 못했다. 껴안고 울 줄 알았다. TV에서 수십 년 만에 만난 모자는 늘 그랬기 때문에. 적어도 얼마나 고생이 많았느냐, 미안하다, 그런 말일 줄 알았다. 그런데 엄마의 첫마디는 예상과는 전혀 다르게 교회 다니는지를 묻는 말이었다.

"그년이 남자에 미쳐서. 나쁜 년, 독한 년."

술 취한 아버지가 자주 하던 말이었다. 엄마가 동네 남자와 달아났음을 알게 된 것도 아버지의 술주정을 통해서였다. 내가 두 살 때 집을 떠났다니 나는 엄마에 대한 기억이 없다. 엄마와 함께 달아난 남자도 두 딸과 아내를 동네에 두고 떠난 유부남이었다. 그 남자가 두고 간 딸 중에 큰 애는 초등학교 3학년 때 나와 같은 반이었다. 이름은 선아였다. 변선아, 나처럼 언제나 풀이 죽어있었지만 나보다는 나아 보였다. 그 애는 엄마가 있어서 늘 옷이 깨끗했다. 할머니와 술주정뱅이 아빠와 사는 나와는 달랐다.

"고생 많았지?"
엄마가 카페라테를 거의 마시고 난 다음에야 한 말이었다. 내가 암 환자에게 카페인이 유익일까 해일까 헤아리고 있을 때였다.
"너한테 좀 많이 줄 수 있기를 바랐는데. 미안해."
엄마가 내 손을 잡았다. 가죽만 붙은 손이 차가웠고 가늘게 떨렸다. 뼈가 느껴지는 차가운 손 때문에 엄마가 아닌 죽음이 바로 앞에 앉아 있는 기분이었다. 엄마가 내 손을 두 손으로 감쌌지만 나는 왼손을 내어 줄 뿐 오른손으로 식어가는 머그잔 손잡이만 잡고 있었다.
"줄 거라고는 집 한 채뿐이구나. 그런데 내 집을 받으려면 조건이 있어."
고개를 들자 엄마의 움푹한 눈과 마주쳤다. 내 눈을 붙잡은 엄마는 눈에 심지를 켜서 지긋하게 나를 누르며 엄숙하게 덧붙였다.
"교회에 다닌다고 약속하렴, 그것만 약속하면 너에게 집을 내일이라도 이전해 주마."

계약서에 당장 도장이라도 찍을 계획으로 나온 사람처럼 엄마의 어조는 결연했다. 그러나 나는 벌떡 일어섰다. 그리고 말없이 카페를 나와 버렸다.

　그때까지 나는 월세 집을 면해 본 적이 없었다. 당시는 아내 화영이 떠나고 월 100만 원짜리 소형 월세 아파트에 살고 있었다. 해마다 치솟는 서울 집값을 보면 평생 서울에 집 사기는 쉽지 않을 것 같았다. 그러나 명색이 의사인데 월급을 잘 모아 가면 작은 아파트 정도는 가능성이 없는 것도 아니었다. 그래서인지 40여 년 내팽개친 아들에게 종교를 미끼로 집을 주겠다는 말에 부아가 치고 올라왔다.

　엄마가 남긴 34평짜리 그 집이 현재 내게 가장 크고 소중한 재산이다. 첫 만남 이후 나는 연락도 안 했지만, 엄마는 유산으로 아파트를 내게 남기고 갔다. 그래서 8개월 전부터 나는 북한산의 서쪽 뉴타운에 살게 되었다. 이사한 후 나에게 이런 아파트가 올 줄 알았다면 그래도 화영이 떠났을까 하는 생각은 몇 번 했다. 그러나 정작 엄마 생각도, 엄마의 요구 사항이었던 교회에 다닐 생각도 하지 않았다. 자식을 버린 엄마의 죄는 집 한 채와 바뀔 수 없는 것이었다. 엄마가 저지른 죄는 용서할 수 있는 것이 아니었다.

　뒤에 앉은 여인들의 끝날 줄 모르는 음식 얘기를 들어가며 나는 어쩔 수 없이 엄마를 계속 생각했다. '엄마는 친구들을 만나면 어떤 말을 했을까? 가족도 밥 해줄 자식도 없었으니 얘기에 끼어들기는 했을까? 음식은 잘 만들었을까?' 엄마가 죽은 지 1년이 지나가고 엄마가 남겨준 집에서 8개월째 살면서 처음으로 길게 해 보는 엄마 생각이었다.

뒤에 앉은 여인들은 그리 늙어 보이지는 않았지만 결혼한 자식들 얘기가 나온 것을 보면 환갑은 넘은 듯했다. 엄마가 살아있다면 66세였다. 아버지에게 엄마 나이를 처음 들은 33세부터 설날마다 그 수를 1씩 더하며 헤아려 왔다.

생생한 천사 목소리가 갑자기 내 생각 속으로 끼어들었다.

"친구! 엄마도 널 많이 사랑했어. 네가 엄마를 사랑한 것처럼."

"당신이 어떻게 알아? 그리고 난 그 여자를 사랑한 적이 없어."

"네 엄마의 수호천사를 자주 만났거든. 그리고 너도 엄마를 사랑했어. 사랑이란 경계가 명확하지 않아서 네가 분간하지 못한 것일 뿐."

눈앞이 흐릿해 왔다. 전혀 예상치 못한 눈물이었다. 뒤에 앉은 여인들은 계속 음식 얘기였다. 바로 내 뒤에서 톤을 높인 여인이 좋은 들깨를 싸게 사는 법을 늘어놓는데 들깨 파는 상인보다도 들깨 유통에 대해 더 해박할 것 같았다. 들깨 요리에도 끝이 없었다. 음식 얘기만 늘어놓으며 목적지까지 갈 기세였다.

"이 새끼가 독 안에 든 쥐지. 감히 어딜 도망가겠다고. 어디까지 갈 거야?"

거친 욕설에 깜짝 놀라 통로 건너 남자들을 쳐다봤다. 뒤에서 들려오던 여인들의 잡담도 뚝 끊겼다. 버스 안 전체가 조용해졌다.

"좋게 다음번에 내려, 이 새끼, 빚쟁이가 도망은 어딜? 나도 바쁘단 말이야."

"다음에 내려 새끼야. 도망가 봤자 어디로 튀겠다고 쯧."

두 사내는 욕지거리로 싸웠다. 그런데 뭔가 이상했다. 한 사내가 윽박지르면 다른 사내가 더 세게 고함치는데 복창하는 사내는 휴대폰에 글을 쓰면서 복창하고 있었다. 서로 쳐다보지도 않고 입으로만 윽박지르는 셈이었다. 선창을 하고 난 사내가 우리 좌석으로 얼굴을 향했는데 반사경 선글라스라서 실제로 누굴 보고 있는지는 알 수 없었지만, 비쩍 마른 청년과 내가 함께 덤빈다 해도 그를 당해낼 수 없을 만큼 어깨가 단단해 보였다. 나는 잘못도 없으면서 긴장했다.

내 옆에 앉은 청년은 사내들의 고성에도 휴대폰에만 집중했다. 소심하게 보인 청년이 예상 밖이었다. 그런데 청년의 손이 떨고 있었다. 떨리는 청년의 손을 바라보다 고개를 더 빼서 그의 카톡에 쓰인 말을 읽었다.

'이 새끼, 독 안에 든 쥐새끼, 어딜 도망가겠다고.'

통로를 사이에 두고 앉은 조폭 사내들의 협박이 옆에 앉은 청년의 카톡에 들어와 있었다.

'살고 싶으면 좋게 다음번에 내려, 빚쟁이 새끼, 그러다 뒈진다. 증말'

휴대폰에 눈을 박은 청년의 몸이 떨렸다. 두려움에 떨고 있었다. 나는 그제야 청년이 처음에 왜 창문 쪽에 앉으려 했는지 이해했다. 나를 방패 삼아 두 사내에게서 피하고자 했던 것이다. 빚을 받으러 온 사내들을 피해 청년이 버스에 올라탔고, 그를 쫓던 사내들이 뒤따라왔다는 의미였다. 사내들은 빚을 전문적으로 받아내는 폭력배일 것이다. 수백수천 퍼센트의 이자를 챙긴다는 악덕 대부업체를 다루던 뉴스가 생각났다. 100만 원 빌려주고 협박하여 수천만 원을 뜯어간다는 내용이었다. 사실인지는 모르나 빚을 갚으려면 장기까지 팔아야 한다는 말을 들은 적도 있다.

어떻게 해야 할지 암담했다. 조폭들에게 조용히 하라고 말할 용기는 내게 없었다. 내가 통로 쪽으로 옮기고 청년을 안쪽으로라도 앉게 해야 할까 망설였다. 그러나 그렇게도 하지 못했다. 내 심장도 빠르게 뛰고 호흡이 빨라졌다. 이럴 때 천사가 나타나 도와야 하는 건 아닌지. 그러나 천사는 보이지 않았고 생생한 목소리도 기척이 없었다. 내 쪽에서 천사를 부를 방법도 없었다.

앞쪽에 앉아 있던 중년 남자가 벌떡 일어나 뒤쪽으로 온 것은 그때였다. 남자는 우리 좌석까지 다가와 청년 바로 옆에 섰다. 나이가 40은 넘어 보였지만 다부진 몸이었다. 힘 있는 눈매, 다물어진 입 매무새, 단정하고 정직하고 정의로워 보였다. 다가온 남자는 청년의 의자 등을 잡고 섰다. 옆 청년도 그랬겠지만 나도 마음이 좀 놓였다. 통로를 사이에 두고 청년을 윽박지르던 사내들도 입을 다물었다. 카톡에 글을 쓰던 사내는 플립을 접어 주머니에 넣어버렸다. 버스 안이 조용해졌다. 그래도 옆 청년의 몸은 계속 가늘게 떨었다.

구파발역 입구였다. 내리려고 내가 일어서 나오자, 서 있던 남자가 청년에게 창 쪽으로 들어가 주시겠느냐고 정중하게 말했다. 청년이 내가 앉았던 창 쪽으로 들어가자 그가 청년이 앉았던 좌석에 앉았다. 조폭들과 청년 사이에 남자가 앉아 내가 못 했던 청년의 방패가 되어준 것이다.

나는 선 채로 내 앞에 앉은 남자를 뜯어봤다. *A&M*이라 쓰인 베이지색 야구 모자가 그때야 눈에 들어왔다. 청년과 조폭들에게 신경이 팔려 있어서 남자가 쓴 모자를 미처 보지 못했던 것이다.

내가 내리려고 문 쪽을 향하는데, 반사경 선글라스 사내들이 벌떡 일어나 나를 밀치고 앞서 먼저 뛰어내렸다. 나는 내리기 직전 뒤돌아보았다. *A&M* 베이지색 야구 모자 남자가 뿔테 안경 청년에게 말을 붙이고 있었다. 문이 닫히기 직전에야 나는 버스에서 허겁지겁 내렸다.

통일로에서 쇼핑몰 쪽으로 가는 육교를 건너며 소심한 청년을 도운 남자의 정체와 *A&M* 야구 모자에 대한 생각으로 빠져들었다. 은설희가 들고 있던 에코백에 새겨진 *A&M*과 같은 글꼴, 같은 진갈색이었다. 1월의 버스에서 처음 보았을 때 그녀도 야구 모자를 쓰고 있었다. 뒤에서 봤기에 글씨는 보지 못했지만 베이지색 야구 모자였다. 앵무새를 사 가던 술꾼과 친구가 되었던 백발노인의 흰 모자에도 *A&M*이 수놓아져 있었다. 그들이 다 천사일까? 천사들은 야구 모자를 쓰나? 그렇다면 초록여자 은설희도 천사? 그런데 은설희는 자신을 관리인이라고 했지 천사라고 말하지 않았었다.

기억을 들춰 이리저리 맞춰가며 집 쪽으로 흐르는 실개천을 따라 걷는데 냇물을 거슬러 헤엄치는 오리 떼가 보였다. 어미 뒤를 따르는 아기 주먹만 한 새끼 오리들이 징검다리 사이를 빠져나온 물살을 헤치느라 몸부림치고 있었다. 줄지어 물살을 거스르는 오리들의 발걸음이 급해 보였다.

생각도 정리할 겸 징검다리 앞 벤치에 걸터앉았다. 아기 오리들을 눈으로 쫓다가 불현듯 자각했다. 지금 나는 무기력하고 의미 없이 삶을 연명하듯이 이어가고 있다고.

'은설희를 찾아야겠어. 그녀를 찾는 것이 변화의 시작점이 될지도 몰라.'

자칭 내 수호천사도 그녀의 연락처를 물어보라고 조언했던 기억을 떠올렸다. 그녀를 직접 찾아가라는 버스에서의 음성도 생각났다. 그렇다면 천사도 내가 그녀를 만나기를 원한다는 뜻 아니겠는가. 나는 미뤄오던 숙제를 해치워야 하는 사람처럼 다급해졌다. 2월에는 쓸데없는 자존심과 소심함 때문에 전화번호를 얻지 못했지만 이제 용기를 내야만 할 것 같았다. 그녀가 A's BEAN 새문안점에서 일한다는 걸 알고 있으니 못 찾을 것도 없었다.

덫에 걸린 5월

-사람과 사람 사이의 케미에서 촉매제는 무엇일까요?-

네 번째 A's BEAN을 방문하여 점장에게서 받은 은설희의 쪽지였다. 은설희의 글씨는 역시 반듯했다. 그러나 쪽지는 카페에 비치된 광고 용지였다. -관심이 사랑입니다. A's BEAN- 밑단에 카키색으로 인쇄된 문구로 보아 나의 방문을 점장으로부터 전해 들은 은설희가 매장에 비치된 메모지에 바로 적어 준 것으로 여겨졌다. 기대에 비해 너무 무성의한 쪽지였고 내용 또한 아리송했다.

A's BEAN 새문안점을 세 번 찾아갔지만 은설희를 만나지 못했다. 첫 방문은 평일 퇴근 후였다. 3월의 마지막 목요일 석양 무렵, 직장인들이 빠져나간 도심의 카페는 한가했다. 세 명

있는 직원 중에 은설희는 보이지 않았다. 주방 쪽을 흘깃거려도 초록 머리는 찾을 수 없었다. 은설희는 퇴근했나보다 하고 차를 마시자마자 나와 버렸다.

두 번째 찾았을 때는 4월의 첫 금요일 오전이었다. 토요일 진료를 맡은 날은 금요일 오전이 휴진이기에 은설희의 근무 시간이기를 기대하며 그 시간을 이용했다. 오전이어서인지 그날도 카페는 한산했다. 다행히 북쪽 벽면에 쏴지는 영상이 있어서 그것을 보는척하며 40여 분을 버텼다. 동쪽 출입구 쪽으로 길게 들어오는 볕이 더해져 원래도 시원찮았을 영상의 해상도가 낮았다. 아프리카 산간 지역의 인부들 모습과 커피나무 그리고 커피의 역사가 내용이었는데, 공정무역 커피만을 쓰는 이유를 말하고 싶은 듯했지만 화면 밑에 자막이 없다면 의도를 눈치채지 못했을 것이다.

구석에 앉아 눈은 동영상에 두고 있었지만 영상을 보고 있지는 않았다. 영상을 바라보는 척하면 타인의 눈에 덜 띨 것 같아 다행일 뿐이었다. 아메리카노를 홀짝거리며 치즈 케이크를 두 개나 먹었지만 그날도 은설희를 보지 못했다.

세 번째 A's BEAN을 찾은 날도 금요일 오전이었다. 이면도로 건물의 1층, 카페 입구에 서 있는 나무가 싱그러운 잎을 피운 4월 말이었다. 전에 원장과 왔을 때 커피를 내려주던 청년이 근무하고 있었다. 그러나 은설희는 보이지 않았다. 아메리카노를 주문하고 영상이 투사되는 북쪽 벽이 잘 보이는 탁자를 찾아 앉았다. 오전은 치과 휴진이었기에 어차피 할 일도 없었다. 은설희가 나타날 때까지 느긋하게 기다릴 계획이었다.

벽에 비친 동영상은 두 번째 보아서인지 처음보다 잘 이해되었다. 그거라도 있어서 시간 보내기에는 괜찮았다. 커피 얘기가 끝나자 A's BEAN 대표 인터뷰가 나왔다. 조경후라는 대표가 장애인들을 고용하여 카페를 시작하게 된 계기, 사업 시작 후 몇 가지 에피소드들이 소개됐다. 어느 TV 프로그램에서 인터뷰한 내용이었는데 의외로 대표가 내 또래의 젊은 남자였다. 신앙 얘기가 자주 등장하는 것으로 보아 기독교에 심취한 사람이라고 생각되어 영상의 매력이 떨어졌다.

고개를 돌려 카페를 둘러봤다. 벽면 기둥에 걸린 액자는 부서진 보도블록 사이에 민들레가 돋아난 사진이었다. 식물의 생명력을 잘 잡았다고 생각하다 부서진 틈새가 십자가 형상임을 알게 되었다. 사진에 십자가가 교묘하게 숨겨진 것이다. 입구에 있는 철재 소형 조형물도 십자가를 형상화한 것이었다. 기독교 냄새를 풍기는 장식이 카페 여기저기 널려있었다. 교회와 기독교적 문화에 둘러싸여 있음을 알게 되자 낯선 이국에 온 것처럼 불안해졌다. 혹시 은설희와 더 깊은 관계가 된다면 교회에 다녀야 할지도 모른다는 난감한 예감이 가슴팍에 스며들어 신경 쓰였다.

카페를 나갈까 망설이는데 은설희가 영상에 나왔다. 그녀가 다른 직원에게 설명해 가며 커피를 내리는 모습이었다. 영상에 나오는 은설희의 머리는 느슨하게 묶은 진갈색이었다. 초록 머리는 아니었지만 분명했다. 영상으로라도 그녀를 보니 저절로 가슴이 좀 펴졌다.

"은설희 씨를 찾아오셨나요?"

고개를 드니, 좀 긴 단발머리 여자가 서 있었다. 침착하고 안정된, 이해심 많아 보이는 얼굴이었다. 전혀 장애인 같지는 않다고 생각하다 매장마다 한 명의 비장애인 점장이 있고 바리스타와 서빙을 장애인들이 한다고 벽에 쏘던 영상이 알려준 내용을 떠올렸다.

단발머리 여자는 미소를 피우며 말을 이었다.

"점장입니다. 은설희 씨를 만나러 오지 않았나 하고 생각해서요."

"아니, 네 맞습니다. 은설희 씨가 이 매장에서 일하는 줄 알았는데요."

"설희 자매는 우리 매장 직원 맞아요. 지금 새로 오픈한 매장에 교육차 갔어요. 후배 직원 교육 강사를 겸하거든요. 3개월 교육이니 다음 달이 돼야 이 매장으로 다시 돌아올 거예요."

은설희를 찾아온 것까지 눈치챈 여자는 내 속을 훤히 읽고 있는 사람 같았다. 물으려고 했던 내용을 미리 설명해 줘서 더 물을 것도 없었다.

세 번째 가서 알게 된 것이지만 A's BEAN에는 아예 앉은뱅이책상이 준비된 작은 공부방이 있었다. 커피 한 잔 놓고 저런 책상에서 몇 시간 죽치고 있다면 카페는 무슨 이익이 남을까 하고 생각했었다. 카페에 유익을 주지 못할 손님들이 꽤 있으니 아메리카노 한잔 마시며 벽의 영상을 본다고 해도 이상해 보이지 않으리라는 것이 나의 계산이었다. 그런데 어떻게 내 방문 의도를 눈치챘는지 궁금했지만 여자의 침착한 눈빛에 눌려 묻지는 못했다.

"핸디캡이 있는 친구들과 일하다 보면 눈치가 빨라지죠. 그리고 이 매장에 혼자 오신 분들은 대부분 늘 오는 분들이라 안면이 있거든요. 세 번씩 찾아와 벽에 쏴지는 동영상만 되풀이하여 보고, 속절없이 누군가를 기다리는 분, 가끔 주방 쪽과 직원들을 살피는 분, 우리 직원 중 누군가를 찾아오지 않았을까 하는 생각이 들지 않겠어요? 지금 우리 직원 중 파견 간 사람은 설희 자매뿐이고, 젊은 남자이니 역시 젊고 예쁜 여성을 찾을 가능성, 특히 설희 자매가 나오는 장면에서 숨을 죽이고 집중하는 남자, 이런 데이터를 넣어 계산하면 답이 나오죠."

내 방문 의도를 눈치채게 된 배경까지 설명하며 그녀는 더 포근한 미소를 만들었다. 이름 뒤에 붙은 자매라는 용어가 어색했지만 속 깊은 누나가 남동생을 대하는 것처럼 포근한 그녀의 미소에 묻혀버렸다. 그래서 은설희를 만나고 싶다고 어렵지 않게 말할 수 있었다.

그 후 2주쯤 지나 그녀가 보낸 문자를 받고, 퇴근길에 카페에 들러 은설희가 남긴 쪽지를 받아 들었다. 카페 앞 나무가 눈처럼 흰 꽃으로 덮인 5월의 늦은 오후, 낮이 길어져 밝기도 했지만 활짝 핀 이팝나무 꽃으로 카페도 거리도 아주 환했다. 은설희의 쪽지를 받아 들고 나오는 내 기분까지 좀 환해진 것 같았다. 그러나 이팝나무를 100여 미터 지나 쪽지를 열었을 때는 해석하기 어려운 내용 때문에 눈썹을 찡그릴 수밖에 없었다.

-사람과 사람 사이의 케미에서 촉매제는 무엇일까요?-

A's BEAN을 들르느라 광화문 빌딩이 아닌 역사박물관에서 9702번 버스를 타게 되었다. 새문안로를 지난 버스가 광화문 사거리를 돌고 평상시 내가 타던 광화문 빌딩 앞으로 가고 있었다. 광장의 시위대 위를 헤매는 마이크 소리가 어지러운 음악과 함께 들렸다. 태극기를 든 노인들이 수백 명은 되어 보였다.

"이놈의 시위는 끝이 있으려나? 적폐 대통령을 반대한다며 몰아내더니, 이제 새 정부에 반대하는 세력이 광장을 점령해 아우성이니. 떼 지어 반대, 반대, 아휴 골치 아파."

"그러게, 지긋지긋해. 솔직히 저 천막들도 이제 지겹다니까. 배가 뒤집힌 지가 언제인데…."

뒷좌석에 앉은 남자들의 대화였다. 내 생각을 그들을 통해 들으니 속이 좀 풀렸다. A's BEAN에 들르느라 시간이 다른 날보다 늦어져서인지 버스는 서울역에서 이미 만원이었다. 승용차들 속에 낀 버스는 움직이는지 마는지 계속 제자리였.

나는 주머니에서 은설희의 쪽지를 꺼냈다. 사람과 사람 사이의 케미에서 촉매제라니, 수수께끼도 아니고, 은설희의 의도를 어떻게 파악해야 할지 난감했다. 열역학법칙을 가지고 말을 붙여왔던 은설희였으니 일관성은 있다고, 실제로 사람 관계를 놓고 케미가 좋다느니 케미가 나쁘다느니 하는 말들도 한다고, 그렇게 접어 생각해도 속이 시원하지는 않았다.

시간 되면 인간 사이 케미에 대해 인터넷 검색이나 해보지 생각하며 쪽지를 주머니에 넣어 버렸다. 마치 해방 직후 연애하는 사람들처럼, 쪽지 그것도 스무고개 같은 내용은 내 취향과도 맞지 않았고 그나마 느꼈던 동질감도 묽어진 느낌이었다.

그날따라 차가 막혔다. 거리 중간에서 버스는 세 번째 바뀐 녹색 신호에서도 제자리에 서 있었다. 차는 나아가지 못하고 부풀었던 기대가 실망으로 바뀌어서인지 기분이 착 가라앉았다. 좀 우울했다. 가슴이 무거워지는 기분이었다. 호흡이 어려워질 기세였다. 버스에서는 아직까지 괜찮았는데 아무래도 간단치 않았다. 머리를 의자에 기대고 눈을 감았다. 답답한 심장을 손바닥으로 누르며 신음으로 외쳤다.

'으-흠, 도와주세요! 제발……'

주차장처럼 겹겹이 서 있는 차 중에 내 차가 끼었다. 몇 번의 녹색 신호가 바뀌었는지 모를 일이었다. 앞 차는 움직일 기미가 없었다. 태양이 강렬하게 앞 차에 쏟아졌다. 검은색 세단의 트렁크 위에서 뜨거운 아지랑이가 이글거렸다. 철판이 꿈틀꿈틀, 지글지글 끓었다. 검은 철물이 끓는 죽처럼 펑펑 튀었다. 검붉은 쇳물이 내 차로 튀어왔다. 얼굴이 뜨거웠다. 앞 유리가 흐물흐물 녹아내렸다. 내 몸도 타버릴 것 같았다.

'빨리 액셀러레이터를 밟아 앞차를 밀어 버려야 하는데……' 앞차를 밀어버려야 내가 살 것 같은데, 몸이 안 움직이는지 차가 안 움직이는지 모를 일이었다. 숨이 막혀왔다.

나는 유리창 밖으로 튀어 올랐다. 앞차의 운전석에 동민이가 보였다. 패거리들도 조수석과 뒷좌석에 앉아 있었다. 그들이 손뼉을 치며 웃었다. 동민과 3총사의 웃음소리.

엉겨 붙어 재덩이가 된 내 차는 검은 연기를 뿜어냈다. 뜨겁고 역겨운 냄새, 얼굴을 돌렸다. 뒤차의 유리도 녹아내리고 쭈그러들기 시작했다. 이제 저 차도 흉물스런 재덩이가 되겠지. 운전석에 앉은 여자, 얼굴을 핸들에 묻은 여자, 저 여자 빨리 피해야 할 텐데… 빨리 피해야 하는데… 여자가 천천히 고개를 들었다. 눈물로 뒤범벅된 얼굴은 선아, 변선아였다.

연신내에서 눈을 떴을 때, 여전히 버스 안이었다. 오래되고 낡은 버스, 세제 냄새와 할머니 방 냄새를 풍기는 9702번 버스였다. 찜찜하고 기분 나쁜 꿈이었다. 이마의 땀을 닦았다.
"친구! 날 공식적으로 찾아줘서 고맙군."
수호천사의 생생한 목소리였다. 3월 이후, 두 달이 넘도록 듣지 못한 목소리였다.
'어디 갔다 온 거요? 필요할 땐 없고.'
"난 성실한 수호천사, 친구의 요구에 늘 충실하지. 자네가 날 부르자마자 도왔잖아? 내 도움으로 자네는 공황장애 발작 직전에 꿈으로 들어갔어."
'흥! 그 고약한 꿈을 천사가 줬다고?' 나는 신경질적으로 비아냥거렸다.
"수호천사는 친구가 꿈으로 빠져들게 할 수 있어. 꿈의 소재를 주기도 하고. 그러나 꿈의 내용과 완성은 온전히 친구의 몫!"
내 심리 상태에 따라 기분 좋은 꿈 혹은 기분 나쁜 꿈이 된다는 의미였다.

낮이 길어져 아직도 서녘에 해가 있었지만, 버스에서 꾼 꿈 때문인지 마음이 심란했다. 비겁한 내 모습을 스스로 목격해 버린 낭패감이 온몸을 짓눌러 걷기조차 힘들었다. 그러면서도 억울했다. 억울해서 따지고 소리 지르고 싶었다.

구파발역 2번 출구, 성당 앞이었다. 성당으로 오르는 계단을 한참 동안 올려다보았다. 저 안에 뭐가 있을까? 계단을 올라, 안으로 들어가 신에게 따져볼까? 지나친 경건 같은 뭔가가 도사리고 있을 것 같아 좀 두려웠다. 다시 걸었다. 그 옆은 불교 사찰에서 운영하는 지역아동센터인데 성당 건물과 마찬가지로 사찰 건물 울타리가 거리로 배를 내밀고 있어 인도가 너무 좁았다. 내 또래의 부부가 유치원생 아이를 가운데 두고 다가와 부딪히지 않으려고 차도로 내려갔다. 하필 자동차가 속도를 내고 달려들기에 얼른 인도로 다시 올랐다. 내가 인도로 올라서자 앞에서 오던 가족이 잡았던 손을 놓고 일렬이 됐다.

신도시라는데 인도가 이리 좁다니. 화려한 경력과 스펙은 자랑하면서 일은 대충 했겠지. 누군지 모를 신도시 설계자를 비난했다. 일 대충한 설계자도 문제지만, 성당과 절에서 땅을 조금만 양보했다면 인도 문제는 해결되었을 텐데. 한 치의 땅이라도 더 움켜쥐려는 성당과 사찰도 한심했다.

우체국 앞은 인도가 넓어져 속이 좀 트였다. 그래도 공공기관이 낫군. 그러나 구립 어린이집을 지나고 주민자치센터 앞을 지날 때는 왜 주민자치센터라고 동사무소의 명칭을 바꾸었는지 의문이었다. 주민자치센터? 주민이 실제 자치하지도 않는데. 실속 없이 이름만 근사하게 붙이고 전혀 부끄러워하지 않는 사람들도 문제였다.

투덜거리며 조금 더 걸으니 삼거리였다. 좌측 언덕길, 50여 미터 앞 산기슭에 교회가 보였다. 엄마가 다녔다는 교회였다. 서서 교회를 한참 올려다보았다. 평소 실개천 갓길을 이용한 것은 그 교회를 피하기 위해서였는데 교회로 오르는 길에서 발을 멈춘 것이다.

'당신을 기다립니다!' 교회 벽에 붙여진 현수막이 바람에 흔들렸다. 교회 쪽으로 발길을 향했다. 50여 미터 언덕을 올라 교회 앞에 이르렀다. 우측에 지하 주차장 입구가 입을 벌리고 있었다. 성당, 절, 교회, 입 큰 개구리처럼 욕심껏 배만 불리는 무리들.

교회 본당으로 들어가는 강화유리문이 보였지만 들어가지 않고 왼쪽 목재 데크로 올라갔다. 마주 보는 탁자가 서너 개 놓여 있었다. 얘기를 나누는 장소, 엄마도 이곳에 앉아 보았을까? 아는 사람은 많았을까? 엄마는 이 교회 권사였다고 했다. 장례식도 교회에서 치러주었다.

엄마의 사망 소식을 듣고 마지못해 장례식에는 참석했었다. 자궁암 말기 환자로 죽음을 앞둔 시점에 딱 한 번 만난 엄마였다. 그리고 엄마의 장례식에 상주로 서게 된 것이다.

장례식을 주관하던 키 작은 목사는 지금도 이 교회 담임목사일까? 장례 예배에서 목사는 예수 믿는 사람은 죽어도 산다고 했다. 그러므로 예수를 믿으면 참 평안을 얻는다고. 나 들으라고 한 말인 것 같아서 귀담아듣지 않았다. 의도적인 설교가 가증스럽다고 생각했다. 그런데 목사는 엄마를 추억하며 목소리가 잠기기도 했다. 그는 엄마를 얼마나 알고 있었을까?

유부남과 눈이 맞아 두 살짜리 아들을 두고 달아난 여자라는 걸 알고 있었을까. 그녀 때문에 내 평안은 두 살 때 이미 박살나버렸다는 것을 알기나 할까? 탁자에 털썩 앉았다.

그날, 아빠는 술에 취해 있지 않았다. 그 전날도 정말 드물게 술을 마시지 않은 날이었으니 아빠로서는 특이한 때였다. 그때는 학교에서 무상급식을 하지 않아 학생들은 점심 급식비를 내야 하는 시절이었다. 전날에 선생님은 급식비를 내지 않은 아이들의 이름을 부르며 내일까지 반드시 가져와야 한다고 했었다. 급식비를 내지 않은 두 명 중 하나, 내 이름이 불리자 동준이네 패거리가 낄낄거렸다.

할머니가 아침을 차려 주었지만 나에게는 밥 먹는 것보다 더 중요한 게 있었다. 아빠가 나가기 전에 급식비를 받아놔야 했다. 아빠는 일용직으로 가끔 동네 과수원이나 밭일을 도와주는 일을 했는데, 매일 술통에 빠졌다 나온 사람처럼 술 냄새를 내뿜으며 다녔다. 대부분 쉬는 날이었지만 집에 붙어 있지는 않았다.

나는 오늘은 급식비를 반드시 내야 한다고 우겼고 아빠는 대수롭지 않게 내일 가져가라고 했다. 성가신 일은 언제나 내일로 미루는 아빠였다. 기적이 일어나지 않는다면, 내일도 오늘과 똑같다는 걸 아빠나 나나 알고 있는 사실이었다.

"내일, 내일, 내일?"

짜증에 절어 소리 질렀다. 벌떡 일어선 아빠가 내 뺨을 내리쳤다. 하지만 나도 거기서 멈출 수 없었다. 폭발한 내 분노도

뺨 몇 대에 수그러들 수 없었다. 나는 책가방을 마당으로 힘껏 던져 버렸다. 곧바로 마당으로 내달려 떨어진 책가방을 발로 툭툭 차고 다녔다. 몇 번 차다 발에 차인 책가방이 멀어지자 몸을 굴려 달려가 온 힘을 다해 축구공처럼 차버렸다. 지퍼가 찢어진 백팩은 책과 필통을 토해내며 멀리 날아갔다. 신발을 신지 않았기에 발이 아팠다. 발가락 통증을 느끼고 있는데 거대하고 강력한 통증이 등으로 떨어졌다. 아빠가 치켜든 밀걸레 자루가 내 등에서 부러져 튀었다.

"이런 개 같은 년의 새끼. 어서 뒈져 버려."

아빠는 씩씩거리며 마당에 쓰러진 나를 발로 차기 시작했다. 분을 못 이긴 아빠가 내 몸을 발로 짓이겼다. 할머니가 막지 않았다면 나는 분노에 떠는 남자의 발밑에서 그날 죽었을 것이다.

할머니가 아빠의 다리에 매달리는 틈을 타서 달리기 시작했다. 마을 앞길을 달리는데 선아가 학교에 가고 있었다. 언제나 그렇듯 혼자, 언제나 그렇듯 흰 블라우스를 입고. 선아는 늘 그 블라우스를 입었지만 언제나 깨끗했다. 머리도 양옆으로 잘 묶은 채였다. 선아가 맨발에 흙 묻은 옷을 걸친 나를 큰 눈으로 쳐다봤다. 맨발에다 입가에서 피를 흘리는 나는 누가 봐도 맞다가 도망 나오는 아이로 보였을 것이다.

"뭘 봐? 이 가시나 죽고 싶어?"

선아에게 눈을 부라렸다. 흠칫 놀란 선아는 얼음이라도 된 듯 그대로 서서 고개를 숙이고 자신의 운동화만 내려다보았다. 갓 빤 흰 운동화가 유난히 깨끗하고 정갈했다. 나는 달려가 발로 힘껏 선아의 운동화를 찍어 누르고 온 몸무게를 얹어 짓이겨 버렸다. 선아는 비명을 질렀다. 비명을 지를 뿐 나를 밀치거나 발을 빼지도 못했다. 이어 눈물을 흘리며 흐느꼈다. 큰 소리로 울지도 않았다. 선아의 흰 운동화가 내 발에 묻은 진흙으로 범벅이 되었다. 내가 맨발이었기 망정이지 신을 신고 그랬다면 선아의 발가락이 끊어졌을지도 모른다.

항상 풀이 죽어있고, 말수도 없고, 외로워 보이고, 순했던 선아.
내 엄마와 그 애의 아빠가 함께 달아나 버렸다. 그래서 선아는 마을 어귀 갈빗집에서 일하는 엄마와 여동생과 함께 살았다. 그 애는 아빠가 없고 나는 엄마가 없었다.

선아의 흐느끼는 소리를 뒤로하고 동네 저수지로 향했다. 아빠를 벌주기 위해 죽어버리기로 작정했다. 내가 죽으면 적어도 그 인간이 후회하며 살 것 같았다. 아빠 같은 인간은 후회 속에서 평생 처참하게 살아야만 옳았다. 그 인간을 눈곱만큼이라도 후회하게 만들 수 있다면 내 목숨쯤은 얼마든지 저수지에 곤두박질치게 할 수 있었다.

5월의 저수지는 물가에 심어진 느티나무로 싱그러웠을 것이다. 그러나 내 눈에는 그런 것은 보이지 않았다. 터덜터덜 걸어간 곳에는 낚시꾼들이 버리고 간, 검은 비닐봉지들과 생수병, 콜라 캔들이 타다 남은 재 위에서 거무튀튀하게 나뒹굴고 있었다. 그곳에서 멍하니 물만 바라보다 땅바닥에 주저앉았다. 햇빛이 갈라져 물 위에 수많은 잔 비늘을 만들었다. 눈이 부셨다. 눈을 찌르는 바늘 같았다. 물 위에 내려앉은 수많은 바늘이 가시처럼 눈과 가슴으로 파고들어 왔다. 부신 눈을 감았는데 가슴이 무거워지기 시작했다. 목이 막혔다. 숨쉬기가 어려웠다. 가슴을 붙들고 땅바닥에 엎드렸다.

흐느적흐느적 교회에서 내려오고 있는데 나와는 반대로 교회 쪽으로 올라오는 여자가 보였다. 키가 작고 허리가 뚱뚱한 여자였다. 넓지 않은 인도여서 나와 바로 스치며 교차했다. 여자의 흰머리가 흘끗 보여 할머니구나 하며 지나쳤다.

그녀 곁에서 내가 막 비켜섰을 때 나는 감전이라도 된 듯이 멈춰서는 천천히 되돌아 그녀를 올려다보았다. 베이지색 야구모자를 쓰고 있었기 때문이다.

그녀도 되돌아서 나를 보고 있었다. 언덕길이어서 그녀가 위, 내가 아래서 쳐다보는 구도였다. 여자의 모자에 쓰인 $A\&M$에 눈을 고정하고 있는데 그녀가 먼저 말했다. 엷게 웃는 얼굴이었다.

"반가워요. 오래 기다렸어요. 저기 앉아서 나랑 얘기 좀 해줄래요? 전할 물건이 있어서."

"아, 아니요. 그 모자 때문에……."

"이 모자를 벌써 아세요? 사실은 강 권사가 부탁했어요. 이 모자를 전해주라고."

그녀가 나를 지긋하게 바라보며 모자를 벗어 내밀었다. $A\&M$이 진한 갈색으로 쓰인 베이지색 야구 모자였다. 그러나 나는 모자보다 강 권사라는 말에 더 붙들렸다.

"강 권사?"

"맞아요. 강연자 권사"

나는 벼락이라도 맞은 듯이 몸이 굳었다. 여자의 목소리는 부드러웠지만 또박또박 이어졌다.

"강연자 권사, 정현우 씨 어머니가 부탁했어요. 아들에게 꼭 관리인클럽을 알려 주라고."

당황한 나는 곧바로 되돌아섰다. 그리고 빠른 걸음으로 언덕을 내려와 버렸다. 뒤에서 계속 쳐다보고 있다는 것을 알았지만 되돌아보지 않았다. 그녀도 나를 따라오거나 부르지는 않았다.

"관리인클럽? 내가 그것을 알기 원했다고? 혹시 그들이 나를 따라다니나?"

알고 있던 정보들이 머릿속으로 얼기설기 엮였다. 관리인클럽 사람들이 *A&M* 모자를 쓰고, 은설희가 관리인클럽과 연결되어 있고, 나를 버린 강연자라는 여자와도 연결된 것이 분명했다. 야구 모자들, 그들이 나를 잡기 위해 덫을 놓고 대기 중이었다. 그리고 나는 그 덫에 이미 반쯤은 걸려든 것 같았다.

'덫, 덫이 쳐져 있어. 나를 잡고자 하는 덫.'

"이봐요? 수호천사, 당신 날 잡기 위해 무슨 덫 놨어요? 이제 보니 당신들 사기꾼 아니야? 자 나타나서 설명해 봐요. 생생한 목소리로 대답 좀 해 보란 말이요."

나는 보이지 않은 천사를 향해 소리 질렀다. 그러나 내 수호천사는 나타나지 않았다. 아무런 소리도 들리지 않았다.

초록여자를 따라간 6월

 다수포비아, 내 증상을 나는 그렇게 정의했다.
 시위대를 보면 숨쉬기가 어려워지고, 인원이 많을수록 증상이 심해지는 경향이었기 때문이다. 곰곰이 따져보니 초기 증상은 광장의 촛불집회와 함께 시작된 것 같기도 했다. 처음에는 가슴이 무겁고 답답한 정도였다. 화영의 책망을 받으면서도 촛불집회에 참가하지 않은 것도 그 이유였다. 아내 일에 도움 되지 않은 남편이라고 화영이 몰아세웠지만 흉곽 위에 돌이 얹힌 것 같아서 군중 속에 낄 수가 없었다. 화영 일행이 성공하여 대통령이 탄핵된 이후에도 광장에서는 반대편의 시위가 계속되었고 결국 내가 견뎌낼 수 있는 시간의 역치를 넘어버린 것 같았다. 그래서 다수포비아가 증폭되어 공황장애에 이른 것이라고 혼자 판단했다.

관리인클럽이 나를 포섭하려고 덫을 치고 있다고 생각한 이후, 은설희에 대한 생각을 의도적으로 지워나갔다. 다시 A's BEAN에 가지도 않았고, 9702번 버스도 타지 않았다. 정황으로 보아 은설희도 관리인클럽에 연루되어 있다고 여겨졌기 때문이다.

퇴근 시간, 시위로 번잡한 광장을 지나 사람으로 꽉 찬 지하철에 오르면 공황장애가 빈번했다. 이러다 또 하나의 한계선을 넘어버리는 것은 아닌지 겁이 났다. 정말 정신분열로 발전될지도 모를 일이었다. 그러다 내 진료 보조를 해주는 유지희 앞에서 지하철을 타면 가슴이 답답해서 타기가 두렵다는 말까지 나와 버렸다. "차를 하나 사지 그래요?" 내가 돈이 없다고 했더니 "그럼, 용기를 내던가요." 유지희는 쉽게 대답했다. 열 살이나 어린 유지희가 바로 내놓은 해결책은 너무 명료해서 당황스러울 지경이었다. 표정으로 보아 문제의 근원은 바로 너의 소심증이라고 말하고 싶은 것 같았다.

원장이나 부원장이 남긴 돈 안 되는 환자만 보는 나의 월급은 많지 않았다. 학자금대출 갚고, 이혼하고, 아파트 상속세를 내고 나니 차 살 돈이 없기는 했다. 그리고 설사 차가 있다고 해도 구파발에서 광화문까지의 길은 통일로 아니면 세검정 샛길이 전부인데, 아침마다 교통지옥이었다. 막힌 도로에서 운전 중 공황장애가 덮치면 더 큰 일이었다.

그럼 문제는 용기인데… 용기를 내라는 유지희의 말을 곱씹으며 지하철역 입구로 가다가 버스정류장을 기웃거렸다.

'9702번 곧 도착'이 전광판에 흘렀다. 집으로 곧바로 가는 버스, 그것도 곧 도착한다는 버스를 두고 굳이 공황장애가 일어나는 지하철로 향하는 내가 한심스러웠다. 보이지도 않는 천사 따위를 피해 다니는 소심증이라니…. 그러던 중 버스가 도착했고 나는 아랫입술을 지그시 깨물며 버스에 올랐다.

유지희의 말도 말이지만, 지금 와 생각해 보면 초록여자 은설희를 다시 만나고 싶은 열망이 내게 용기를 불러왔을 것이다. 누군가를 그리워하는 마음은 찾아야 할 보물 지도를 가슴에 품고 다니는 것과 같다. 설렘과 포기 사이를 오락가락하다 보면 결국 가슴에 묻어둔 것이 나오고 만다는 점에서.

은근한 기대는 있었지만, 약속도 되어있지 않은 은설희를 만나리라고 예상하지 못했다. 3개월 넘게 만나지 못했고 은설희가 이제 교육이 끝나 새문안점으로 돌아왔다 하더라도 퇴근 시간을 모르기 때문이다. 그날도 버스에 올라 버릇처럼 뒤쪽으로 갔다. 통로 중간쯤 왔을 때 한 커플이 눈에 들어왔다. 여자에게 눈이 박혔다. 곁에 앉은 남자에게 눈길을 주고 웃고 있는 여자는 은설희였다.

첫눈에 알아보지 못한 것은 은설희의 머리가 초록색이 아닌 진갈색이기도 했고, 은설희와 남자가 마치 연인처럼 정겹게 얘기 중이었기 때문이다. 내가 보물 지도처럼 품에서 자주 꺼내보던 그녀는 언제나 혼자였고 당연히 싱글이었다.

창 쪽에 앉은 은설희는 남자와 얘기하느라 버스에 들어서는 누구에게도 관심이 없었다. 뚫어지게 바라보는 내 눈길도

의식하지 못했다.

'아, 초록여자.'

터져 나오는 말을 얼른 삼키며 흠칫했다. 눈앞에 보이는 현실, 은설희가 다른 남자와 즐거운 상태라는 사실이 급히 먹은 떡처럼 가슴에 얹혔다. 더구나 남자는 꽤 깔끔한 인텔리로 보였다. 단정한 외모, 친근감 넘치는 밝은 표정, 모르는 사람이라면 잘 어울리는 연인이라고 부러워할 정도였다.

실망감과 낭패감이 순식간에 번져오는 오목가슴을 느끼며 좌석에 앉았다. 그들이 앉아 있는 바로 앞이었다. 앉자마자 은설희의 옆에 앉은 남자에 대한 추측으로 머릿속이 분주했다. 내가 그랬던 것처럼 버스에서 어쩌다 같이 앉게 된 사람일 것이라고 우기고 싶지만, 연인이나 남편일 수도 있었다. 그녀에게 연인이 있을지도 모른다는 생각을 한 번도 해보지 못했음을 새삼 깨달았다. 심지어 이미 결혼한 여자일지도 모르는데, 초록 머리에 맹목적으로 취해있었다는 사실이 아프게 스며들었다.

그렇다면 A's BEAN 새문안점장은 은설희가 결혼한 여자라는 걸 왜 말하지 않았을까? 물론 독신이라는 말도 하지 않았다. 그러나 젊은 여자를 찾아 카페를 세 번씩이나 찾는 남자에게 현실에 기반을 둔 가능성 유무는 언질을 주어야 했다. 내가 말하지 않아도 은설희를 찾아왔음을 바로 눈치챈 여자라면. 그처럼 진지한 눈빛을 가진 여자라면.

낭패감이 컸다. 화가 치밀었다.

뒷좌석에 앉은 은설희와 남자의 대화를 잡으려고 의자 사이로 귀를 바싹댔다.

"신설 매장 점장님이 설희 씨 교육이 탁월하다고 하더군요."

남자의 말에 이어 은설희의 낮은 웃음소리가 들렸다.

"화학 지식을 가미해서 설명해 주니까 신입 직원들이 재미있어 한다고…. 설희씨 같은 강사가 A's BEAN에 있어서 다행이에요."

"감사해요."

"파주에 살려면 출퇴근에 시간이 많이 걸리죠?"

"시간은 좀 걸리지만, 이 정도 거리는 되어야 관리인클럽 일도 하죠."

관리인클럽이라는 말에 귀를 더 세웠다.

"엄마가 저녁 준비해 놓았을 텐데 함께 저녁 드시고, 모임 참여하면 될 것 같아요."

"그럴까요? 그런데 출퇴근 시간에 일이 많아요?"

"이 버스에 지친 사람들이 많이 타요. 서울에서 거리가 좀 되는 광역버스라서."

그들의 대화 내용을 잘 이해할 수 없었지만 그것은 중요하지 않았다. 남자와 은설희는 초면도 아니지만 남편은 아닌 것 같았다. 이제 정이 깊어져 가는 남녀 정도로 보였다.

이런 남자가 있다면 적어도 내게 쪽지는 보내지 말아야 옳은 것 아닌가? 사람 사이의 케미를 따지는 것은 나와 관계를 더 깊게 갖기를 원하는 것이 아니고, 단순히 나를 포섭하기 위한 수단이었나? 나를 관리인클럽에 끌어들이려고?

몸에서 힘이 빠져나가 버렸다. 대신 그 자리에 배신감이 스멀스멀 몰려들었다. 젊고 잘생긴 남자와 틱 증상도 없이 즐겁게 얘기하는 은설희라니…. 그러면 그렇지 내 주제에 무슨…. 자괴감과 뒤섞인 배신감이 부풀어 올라 가슴을 꽉 채웠다. 모멸감으로 몸이 떨렸다.

수많은 무리들이 몰려드는 느낌이었다. 광장의 시위대처럼 많은 사람들이 뭉텅이로 덤벼들었다. 백발노인, 교회에서 만난 여인, 그리고 천사, 은설희까지, 그들이 무리를 거느리고 몰려왔다. 거대한 무리가 사냥하듯이 나를 조여 왔다. 덫 속으로 나를 몰아넣으려 했다. 호흡이 가빠졌다. 심장이 요동쳤다. 가슴을 움켜잡았다. "으―흥, 으―흥 " 숨을 내쉬기 위해 혼신을 다했다.

"숨을 천천히 크게 내쉬어요. 휘- 휘이-휘이-"
"그래요. 그래요. 아주 잘하고 있어요. 그렇게, 그렇게 휘- 휘- 휘-"
부드럽고 따스한 손이 내 이마를 어루만졌다. 이어 그 손이 가슴을 쥔 내 손을 덮었다.
"나와 비슷해……. 예전에 나도 그랬어요. 현우 씨 이제 손 좀 내밀어 줘요"
멀리서 들리는 부드러운 목소리를 그윽하게 듣다가 점차 호흡도 돌아오고 가슴의 통증도 사라져갔다. 눈을 떴을 때, 은설희의 미소가 보이자 어둠에서 햇빛 속으로 나온 기분이었다. 맑고 안정되고 평안한 곳으로.

몸이 물에 젖은 이불처럼 무거운 기분이었다. 그대로 누워 있고 싶었지만 일어나 앉았다. 내 옆에 앉은 은설희가 통로를 사이에 두고 앉은 남자에게 나를 소개했다.

"대표님, 지난번 박 점장님이 말씀하시던 분이에요."

"아- 그러시군요. 저는 조경후입니다. 만나서 반갑습니다."

"저희 에이스빈 대표님이세요."

조경후가 일어나 내 손을 양손으로 잡았다. 흔히 남자들 사이의 악수가 아니고 다정한 손잡이, 여자나 노인이 아이의 손을 잡은 것처럼 내 손을 양손으로 감쌌다. 그는 내 신음을 듣고 앞좌석을 보게 되었다면서 다행이라고 했다. 나는 남자를 다시 쳐다보았다. 어디서 만난 것 같은 느낌, 분명히 본적이 있었다. 새문안점 북쪽 벽에 쏘아지던 영상 속 남자, A's BEAN 카페그룹의 대표였다.

버스는 이미 구파발을 넘어 내가 모르는 거리를 지나고 있었다. 내려서 택시를 타고 집으로 가겠다고 하자 은설희가 '쉿'하며 손가락을 입에 댔다. 그녀에게 취한 나는 단박에 자존심 같은 건 잊어버렸다. 설사 다른 남자의 연인이나 아내라 해도 그녀 곁에 더 머물고 싶었다.

버스에서 내려 은설희는 계속 내 팔을 잡고 걸었다. 팔을 맡기고 그녀가 인도하는 대로 따르는 것도 나쁘지 않았다. 조경후는 마치 제 집을 찾아가는 사람처럼 앞서 걸었다. 노곤한 상황에서도 조경후가 이전에 은설희의 집을 방문했을 것이라고 단정했다. 한길에서 편의점을 끼고 돌아서니 저층 아파트 단지가 나왔다. 5층짜리 아파트 단지 옆으로 난 길은 차도도 인도도 좁았다. 아파트 단지 끝에서 좌측으로 꺾어, 겨우 승용차 한 대가 빠져나올 만한 좁은 길로 들어섰다. 계속 내 팔을 잡은 은설희는 200여 미터를 더 가서 멈췄다.

'금속공예공방 *A&M*'

흙 마당을 10여 미터 두고 물러앉은 1층 건물에 붙은 간판이었다. 푸른색 낮은 지붕으로 보아 상가로 개조해서 사용하는 구옥이었다. 아파트의 콘크리트 담 바로 밑인데 지대가 낮아 아파트 담이 푸른 지붕 위로 쓰러질 것 같아 위태로워 보였다.

조경후가 공방의 녹색 문을 열자 맑은 종소리가 울렸다. 문에 달린 작은 금속 종이 방문자의 입장을 알리는 소리였다. 조경후가 열어서 잡아주는 문 안으로 내 팔을 낀 은설희와 함께 들어갔다. 천정의 격자 걸이에 철제 종들이 옹기종기 수십 개 걸려 있고, 갖가지 모양의 아기자기한 철제 장식물이 주렁주렁했다.

"엄마 작품들이에요."

내 팔을 놓은 은설희가 천장에 매달린 모빌 장식물을 살짝 건드려 경쾌한 음이 공방에 퍼지기 시작할 때 마주 보이는 문이 열리고 여자아이가 먼저 나왔다.

"엄마"

은설희가 달려가 다섯 살쯤으로 보이는 아이를 안더니 나를 바라보며 자신의 딸 희은이라고 소개했다. 놀란 나는 입도 몸도 움직이지 못했다. 티를 내지 않으려고 애쓰느라 속으로만 허둥댔다. 그녀의 아이는 전혀 뜻밖이었다. 아이 뒤로 나온 중년 여자가 조경후를 껴안았다. 둘은 서로 등을 두들기고 양손으로 손을 잡고 쓰다듬었다. 격하게 반가움을 표하는 그들의 인사 방식에도 벙벙해있는데 조경후에게 손을 맡긴 여자가 고개를 돌려 나에게 웃음기를 보냈다. 탄력 잃은 피부, 흰머리가 듬성듬성한 손질 안 된 파마머리, 입기 편한 저지 바지에 싸구려 큐빅이 박힌 분홍 티셔츠, 애매한 미소만 흘리는 그녀는 외모로는 별 특색 없는 가정주부 같았다. 설희를 닮은 눈매의 안정감, 노화의 정도, 엄마의 작품이라는 은설희의 말들로 그녀의 어머니이자 공방의 주인이리라 추측했다.

  조경후를 따라 거실로 들어가던 나는 다시 서고 말았다. 방에 아이들이 많았다.

  보행기를 미는 여자아이, 예닐곱 살로 보이는 남자아이 둘이 더 있었다. 네 명의 아이들과 은설희의 어머니, 은설희, 조경후와 나까지 합하여 여덟 명으로 좁은 거실이 꽉 찼다. 거기에 두 사내아이가 맞추는 플라스틱 블록으로 거실 한쪽 바닥이 어지러웠다. 머리카락 몇 올을 종려나무처럼 머리 꼭대기에 묶어 올린 아기는 좁은 공간에서 보행기를 밀고 있었다.

  사람으로 포화한 좁은 거실을 둘러보며 어떤 표정을 지어야 할지 난감했다. 생소하고 어색하고 불편했다. 비록 월세였지만 전에도 나는 화영과만 영역을 나누는 생활이었고, 당시는 34평 번듯한 아파트를 혼자서 영역 삼고 살았다. 엄마가 남겨준 아파트에서 겨우 몇 개월째였지만 나는 이미 쾌적함에 익숙한 상태였다.

조경후가 식탁 의자를 빼주어 앉았다. 모서리가 닳은 식탁, 필름이 떨어져 군데군데 진회색으로 드러난 싱크대 문, 가난한 살림살이였다. 내 앞에 앉은 조경후는 양손을 포개고 고개를 숙인 채 입술을 달싹거렸다. 남자가 기도를? 생소하고 어색하고, 보기 불편한 것이 여러 가지였다.

"얘들아 인사드려." 은설희가 아이들에게 나를 소개했다. 상냥하기 그지없는 그녀의 음성에도 남자아이들은 앉은 채로 우리를 흘끗 쳐다보고는 블록 맞추는 놀이로 되돌아갔다.

"우리 상수, 도현이 인사해야지?"

은설희가 목소리 톤을 더 높이자 한 아이가 마지못해 일어나 인사했다. 다른 아이는 여전히 쌓아가던 성곽만 쳐다보며 되돌아보지도 않았다. 은설희가 보행기에 앉아 올려다보는 아기를 안고 다른 손으로 희은이의 등을 밀고 왔다. 아기의 오른손을 잡고 나를 향해 흔들며, 레아예요, 아기의 억양으로 은설희가 대신 인사했다. 아기의 피부가 까맣고 특이하게 두툼한 쌍꺼풀이었다. 토종 한국인은 아닌 듯싶었다. 오아시스의 종려나무처럼 묶인 머리도 유난히 검었다. 기도를 끝낸 조경후가 자연스럽게 아기를 은설희에게서 받아 안았다.

"레아는 또래 친구가 없어 심심하겠네. 참 희은이가 놀아주지?" 하면서 희은이의 머리까지 쓰다듬는 조경후는 그렇게 방의 분위기에 바로 스며들었다. 레아를 안은 조경후는 희은까지 데리고 아직도 레고를 맞추고 있는 남자아이들에게로 갔다. 조경후가 아이들을 챙기는 사이 은설희가 손으로 식탁 넘어 여자를 가리켰다.

"눈치채셨죠? 우리 엄마예요."

여자는 으응 으응 하며 애매한 웃음을 내게 보냈다. 좀 어색했지만 일어나 다시 인사했다. 은설희는 옷을 갈아입고 오겠다며 방으로 들어갔고 희은이도 따라갔다. 나만 우두커니 식탁에 앉아 있었다. 조경후는 어느새 아이들과 한편이 되어 놀이에 빠져든 것처럼 보였다. 레아라는 혼혈 아기를 무릎에 앉히고. 다정한 아버지가 아이들과 놀고 있는 품새였다. 은설희의 어머니는 말없이 찌개 냄비만 살피다 가끔 의미를 파악하기 힘든 미소만 내게 흘려보냈다.

"집이 참 정겹죠?"

내가 어색해하는 걸 눈치챘는지 앞 의자에 조경후가 앉으며 말했다. 여전히 레아를 안은 채였다. 레아는 조경후의 귀를 잡아 어루만지고 있었다. 그러다 에취, 기침을 했고 콧물이 튀어나와 조경후의 티셔츠에 떨어졌다. 내가 입은 티셔츠와 같은 폴로 깃 면 티셔츠였는데 나는 진짜 폴로였고 그는 국산 중저가 브랜드였다. 다른 건 또 있었다. 나는 진초록이었고 그는 하필 흰색이었다. 은설희의 어머니가 휴지를 가져와 조경후의 흰옷에 묻은 레아의 콧물을 닦자, 조경후가 괜찮다며 휴지를 받아 스스로 닦았다.

"집이 좋네요. 오래 사셨어요?"

어색한 공기를 누르고자 내가 생각해 낸 말이었다. 은설희의 어머니는 답변이 없었다. 나는 방금 내가 한 말이 진실이 아니며 분위기와도 어울리지 않는 말이라는 걸 자각했다. 좋은 집도 아니었고 조경후가 말한 것처럼 정겨워 보이지도 않는, 누추한 집의 좁고 번잡한 거실 겸 주방이었다. 그리고 그녀가 그 누추한 집에 얼마나 오래 살았는지 궁금하지도 않았다.

"오래 사셨을 거예요. 한 20여 년?"

조경후가 대신 답변했다.

"식구가 많네요."

내가 다시 말하자 은설희 어머니는 으응 하며 또 애매한 미소를 보냈다. 정확히 못 알아듣는 건지 대꾸하기 싫은지 모를 일이었다. 그녀에게 다시 말을 걸기보다는 차라리 침묵을 지키는 것이 나을 것 같았다. 한편으로 오히려 편하기도 했다. 앞에 앉은 조경후의 흰 티셔츠에 묻은 레아의 콧물 자국이 눈에 거슬렸지만 식탁에 앉아 있기만 하면 되니까.

은설희의 어머니는 나무로 된 냄비 받침을 가져다 놓은 뒤 행주로 싸잡은 김치찌개 냄비를 그 위에 가져다 놓았다. 말은 없었지만 서두르지도 주저하지도 않고 익숙한 동작이었다. 내 물음에 대꾸는 안 했지만 미소를 보내고 있어서 무뚝뚝하다고 느껴지지도 않았다.

방에서 나온 은설희가 어느새 싸움이 붙은 사내아이들을 달랬다. 까만 투구를 쓴 영국 경비병 블록을 서로 사용하려고 싸우는 아이들을 가위바위보를 시켜 해결해 주었다. 아이들을 달랜 은설희가 주방으로 가서 "아이들은 저녁 먹었지요?" 하자 그녀의 어머니는 "으응" 했다.

"엄마, 레아가 오늘은 많이 울지 않았어."

희은이가 은설희 옆으로 가서 의젓하게 동생을 칭찬했다. 이로써 나는 은설희에게 네 명의 아이가 있다는 것을 알게 되었다. 쌍둥이 아들과 희은이 그리고 레아라는 혼혈아까지. 이럴 수도 있구나하며 씁쓸하게 마음을 다잡았다.

조경후가 식사 기도를 했다.

이 집을 방문하게 되어 감사, 귀한 음식에 감사, 건강 주심에 감사, 주님을 알게 하심에 감사, 선택해 주심에 감사, 죄 사함에 감사, 세상을 고치는 사역에 감사, 귀한 형제를 붙여 주심에 감사, 갈수록 뜻 모를 감사로 이어지는 기도였다. 나는 고개는 숙이고 있었지만 어수선한 도깨비굴에 들어온 기분이었다. 조경후는 프랑크 소시지처럼 고만고만하게 이어지는 긴 감사 후에도 끝이 아득하게 느껴지는 말로 계속 기도를 주절거렸다.

살짝 눈을 뜨고 주위를 둘러봤다. 은설희도 어머니도 희은이도, 그리고 블록을 가지고 싸우던 아이들도 놀이를 멈추고 고개를 숙이고 기도 중이었다. 조경후가 안고 있는 아기만 진한 쌍꺼풀진 크고 검은 눈으로 뚫어지게 내 눈을 응시했다. 고개를 다시 숙이고 은설희가 이미 네 명의 아이들을 가진 유부녀라는 사실을 곱씹었다.

기도가 끝나자 희은이까지 아멘을 또렷하게 했다. 은설희가 교회에 다니리라고 예상은 했었다. A's BEAN 인테리어도 벽의 영상도 조대표도 기독교인입네 선전하고 있었기 때문이다. 설희의 어머니는 고개를 깊이 숙여 신심 좋은 모습으로 기도에 참여했지만 아멘을 하지 않았다. 물론 나도 아멘을 말하지 않았다. 기도가 끝나면 아멘을 한다는 것을 알고 있었지만 은설희와 인연도 오늘로 끝이니 어색한 풍습을 따를 필요도 없었다. 아이가 넷이나 딸린 여자와 얽힐 이유가 없었다.

밥과 김치, 계란부침, 김치찌개, 오이무침, 특별할 것 없는 식탁이지만 맛이 있을 것 같은 냄새였다. 정갈했다. 나는 그런 식탁을 대하지 못하고 살았다. 할머니는 관절염이 심해 냉장고 문도 여닫지 못했기에 어렸을 때는 김치를 통째 상에 놓고 먹었다. 화영과 살 때는 아침은 먹지 않았고, 저녁은 배달된 음식이 아니면 햄버거나 샌드위치였다. 화영이 리더그룹 행사에 참여하거나 다이어트를 위해 밥을 먹지 않은 날이 많았기 때문이다. 이혼 후 내 저녁 식사는 더 단출해졌다. 햄버거, 라면, 김밥을 맴돌았다.

"설희 씨와 어떤 관계죠?"

분위기에 익숙해지자 큰 맘 먹고 조경후에게 단도직입적으로 물었다. 묻고 나서 내심 나도 놀랐다. 헝클어져 보이는 집의 분위기가 내게 용기를 불어넣은 셈이었다.

"우리는 동료죠, 직장 동료이기도 하고……."

조경후가 뒷말을 흐리다 은설희의 어머니와도 친구인데 같이 정기적 모임을 갖는다고 덧붙였다. 아마 금속공예라도 배우나보다 했다. 그보다 내 생각을 잡아끄는 것이 있었다. 그럼 은설희의 남편이 누구인지 궁금했다.

어찌 되었든 가능하면 빨리 이 집을 떠나는 게 좋을 것 같앉다. 밥을 먹자마자 가는 것이 옳다고 생각하는데 현관문이 열렸다. 머리를 뒤로 질끈 묶은 남자가 들어왔다. 키가 컸다. 궁금했던 은설희의 남편인 것 같았다. 흰 후드티를 입고 있는 걸로 보아 직장인 복장은 아니었다. 바지도 회색 추리닝이었다. 남자는 레고 중인 아이에게 가서 "아이고 우리 아들" 하면서 안아 들고 좁은 방안에 빙 돌렸다. 아이의 다리가 땅에 닿자 남자는 식탁으로 왔다. 아이는 울지도 웃지도 않고 그대로 서 있었다. 재미가 있었는지 없었는지 표정으로는 모를 일이었다. 자폐아 같았다.

"손님들이 오셨군." 아내를 따라온 남자에게 대하는 태도치고는 무심한 듯 부드러웠다.

"오빠, 우리 대표님은 알지? 그리고 이 분, 정현우 씨."

은설희의 말이 끝나기도 전에, 무심해 보였던 남자가 갑자기 정신이 든 사람처럼 나를 쏘아보았다. 숨을 멈추고 뚫어지게 쳐다보는 그 눈빛에 내가 꿰뚫리는 기분이었다. 섬뜩했다. 다행히 그는 곧 눈에서 힘을 뺐지만 당황스러웠다. 은설희와 내가 불륜을 저지른 것도 아니니 꿀릴 게 없다고 찝찝한 마음을 다잡았다.

은설희의 어머니가 밥통 쪽으로 걸어가자 남자가 재빠르게 가서 그녀의 어깨를 살짝 쳤다.

"저녁 먹었어요. 그냥 숭늉이나 한 그릇 먹을게요." 설희의 어머니는 들었던 밥공기를 다시 가져다 놓고 와서 앉았다.

"오빠는 요 옆 교회 목사님이세요. 이발소도 하고, 사회정의에도 관심이 많고 할 일이 많은 분."

"아-후, 요새 날씨가 얼마나 더운지. 광화문 아스팔트가 녹아 짠득짠득해지는 기분이라니까. 교회에 들러 샤워를 하고 왔는데도 땀 냄새 나지 않아?"

"앞으로 얼마나 더 그래야 될지? 힘들어 어떡해."

"전 목사님이 더 힘드시지. 우리야 뭐…."

그들의 대화를 들으며 은설희의 남편이 광화문 시위대에 참여할지도 모른다는 의심을 했다. 광화문에서 보수 진영 기독교인들이 밤낮으로 텐트를 치고 기도회를 열고 있기 때문이다. 설마 하면서 은설희의 어머니를 바라보았다. 눈을 맞춘 그녀는 역시 애매한 미소만 보냈다.

"엄마는 말을 듣지 못하세요. 말도 못 하시죠."

그녀의 어머니를 보고 있는 나에게 은설희가 담담하게 말했다. 눈을 크게 뜨고 은설희의 어머니를 다시 바라봤다. 은설희와 그 남편이 그녀에게 말하는 걸 보았기 때문이다.

"마주 보고 얘기하면 입을 보고 이해하신 거예요. 그래서 가족들은 의사소통이 별로 불편하지 않아요."

말을 듣지도, 하지도 못하다니. 은설희의 어머니가 말없이 계속 미소만 지었던 이유를 그제야 알았다. 나는 대꾸할 말을 찾지 못했다.

"설희는 어렸을 때부터 엄마의 입이자 귀였어요. 지금 희은이 만할 때부터. 설희가 엄마의 손을 잡고 다니며 귀와 입 역할을 했죠. 거래처에 가고, 시장에 가고, 병원에 가고, 동사무소에 가고. 흠흠 흠흠 하면서. 어색한 분위기에서 흠흠 하는 틱, 어렸을 때는 더 심했거든요. 허허허"

부연 설명하는 은설희 남편은 즐거운 추억담을 늘어놓는 투였다. 나를 쏘아보던 눈빛을 떠올리며 감정 기복이 심한 남편과 살아가려면 쉽지 않겠구나 생각하는데 문이 열렸다. 은설희 어머니가 아직도 블록에 빠져 있는 사내애를 데리고 문으로 갔다.

"바아압 머 거 써 어."

구분하기 힘든 설희 어머니의 발음이 끝나자 "애 밥 먹었어요."라고 설희의 남편이 현관을 향해 시원하게 외쳤다. 10여 분 후, 까무잡잡하고 초등학생처럼 작은 여자가 레아처럼 큰 눈을 내밀고 들어서서는 레아를 데려갔다. 은설희 어머니는 플라스틱 통 몇 개를 비닐봉지에 넣어 레아와 같이 보냈다. 반찬을 싸 보내는 것으로 추측했다.

"엄마가 동네 아이들을 돌봐요. 이 동네 사람들은 대부분 공장에서 일하는데, 퇴근 시간이 늦어요. 그래서 아이들을 데려와 돌보죠. 밥도 먹이고요."

"그럼 설희씨 아이는 이 두 명인가요?"

희은과 자폐아로 보이는 상수를 가리키는 내 물음에 은설희는 희은이가 생물학적 딸이라 하고, 그러나 지금은 보다시피 둘 다 자신의 아이들이라고 덧붙였다.

그러면 상수라는 아이는 목사 남편의 아들? 그들은 재혼했나? 묻고 싶었지만 너무 노골적인 질문인 것 같아서 참았다. 은설희가 딸이 있고, 말 못 하고 못 듣는 어머니가 있고 무엇보다도 그녀를 자랑스럽게 믿고 있는 남편이 있다는 걸 알고 나니, 나를 집으로 저녁 시간에 데려간 이유는 확실했다. 내 감정이 더 이상 그녀에게 다가가는 걸 막고자, 자신을 그대로 볼 수 있는 현장으로 데려간 것이다.

식사를 마치자마자 나는 바로 일어섰다. 조경후는 만나야 할 사람들이 있다며 일어서지 않았다. 은설희가 같이 일어서자 그녀의 남편도 일어섰다.

해가 긴 6월이지만 밖은 이미 어두워져 거실을 나선 은설희가 공방 전등 스위치를 올렸다. 공방이 환하게 한눈에 들어왔다. 좌측 스탠드걸이에 아기자기한 물품들이 정리되어 있고 우측 창문 쪽에 작업대가 보였다. 조그마한 각종 망치들, 톱들, 연마도구들이 작업대 앞 선반에 정리되어 있었다. 분위기가 치과기공실과 비슷하다고 생각하며 세공 공구들을 살피는데 은설희는 남편과 함께 앞서 나갔다.

작업대 옆의 주조기까지 보고 나오는데, 우측 기둥에 걸린 베이지색 야구 모자가 눈에 들어왔다. *A&M*을 확인하려고 모자를 내리다 노출된 모자걸이에 눈이 걸렸다. 초록빛이 도는 청동 화살, 화촉은 기둥에 박혀 있고 살에는 manager란 문구가 조각된 화살이었다. 눈을 감고 가만가만 만져보았다. 1월에 내 가슴에서 만져지던 것과 똑같은 크기, 똑같은 글씨체였다.

공방에서 허둥지둥 나오니 은설희와 남편이 앞마당에서 기다리고 있었다.

"보셨죠? 저 이렇게 살아요. 엄마는 미혼모로 절 낳아서 이 공방을 하며 키웠어요."

나는 manager 청동 화살에서 아직 **빠져나오지** 못한 상태라서 대꾸하지 못했다.

"나도 미혼모로 딸을 낳아 키우고 있어요. 내가 엄마를 닮았나 봐요."

"설희 씨가 미혼모라고요?"

나는 그녀의 남편을 쳐다보았다. 그들은 각자의 아이를 데리고 재혼한 모양이었다.

"두 분은 언제부터 희은이를 함께 키웠어요?"

언제 그들이 재혼했는지를 알고자 묻는 말이었다.

"정직하게 말하자면, 나는 아이를 키우지 않고 설희가 키우죠. 내 아들까지."

남자의 대꾸를 듣고 잠시 어이가 없었다. 그러니까 여자가 낳아온 아이는 온전히 여자의 몫이란 뜻인가? 제 자식까지 맡기면서? 역시 그는 상습 시위꾼이라고 단정했다.

"내 말은 그럼 언제부터 두 분이 함께 살게 되었냐는 뜻입니다."

뻔뻔하기 그지없는 은설희의 남편을 향해 질문을 풀어서 날렸다. 혼란스러운 상황 때문인지 평소와 다르게 그날 밤은 내가 담대했다.

"우리가 함께 살아요? 아하 우리는 함께 사는 사이가 아니에요. 아직 설희는 미혼이죠."

남자가 허허 웃으며 대꾸했다.

"오빠는 요 옆집에 살아요. 사촌 오빠예요. 오빠의 이모가 우리 엄마죠. 우리가 여자들만 사니까 오빠가 자칭 보호자랍시고 자주 와요. 그리고 오빠의 아들 상수도 우리 집에 있잖아요?"

남자가 더 큰 소리로 웃었다.

"햐 기막힌 착각, 하긴 요즘은 남편이나 남자 친구나 다 오빠라고 부르니까. 진짜 오빠도 오빠라고 부르고. 그런데 나는 진짜 오빠에 속해요. 이종사촌 오빠. 이모의 아들이죠."

은설희는 나를 9702번이 오는 한길까지 바래다주겠다고 했다. 그런데 올 때처럼 아파트 쪽으로 가는 게 아니고 반대로 걸었다. 은설희가 이쪽으로 가도 정류장이 나온다고, 버스정류장에서 대각선으로 자신의 집이 위치하므로 이쪽저쪽 거의 비슷한 거리라고 설명했다. 은설희의 집에서 두세 집을 지났을 때 그녀가 코너에 서 있는 이층집을 가리켰다.

"여기가 오빠가 사역하는 교회죠."

붉은 벽돌 건물의 2층이었다. 십자가만 달렸을 뿐, 교회라고 부르기도 어설퍼 보였다. 건물 1층에는 낡고 쇠락한 이용원이 있고 그 옆에 좀 더 새것으로 보이는 미용실 문도 보였다. 요즘도 이발소가 있나? 그런데 바로 옆에 미용실이 붙었으니 이발소 장사가 될까?

"개척교회 목사예요. 이발은 한가해서 하는 일이고…. 아직 신도 수가 적어서."

은설희의 오빠가 입을 크게 옆으로 벌려 가지런한 이를 드러내 보이며 웃었다. 웃는 그의 얼굴에는 세상 염려나 걱정 따윈 없어 보였다. 자유스러움을 만끽하는 표정 때문에 의문을 풀고 싶다는 뜻이 강해졌다.

"목사님이 그런데 왜 광화문에는?"

"광화문? 기도하러 가죠. 이 선동과 광란의 시대, 사탄이 거짓 선동을 계속하도록 내버려둘 수는 없잖아요?"

자신 있게 말하는 그의 얼굴을 바라보다가 나는 그렇게 한심하니 교회가 이 모양이지 하며 그가 사역한다는 교회를 바라보았다. 그는 우리에게 손을 들어 보이고 미용실 옆 좁은 계단으로 올랐다. 계단 입구에 '천사를 닮아가는 교회'라고 쓰인 목재 현판이 보였다.

은설희는 9702번 정류장까지 와서 내가 버스에 오를 때까지 같이 있어 주었다.

"엄마가 A&M클럽 지역 팀장님이죠. 저는 보조이고. 오늘 밤 모임이 있어요. 오신 김에 조경후 대표님도 참석하실 거예요."

나는 가볍게 어깨를 움츠렸다. A&M클럽이 뭔지는 모르지만, 귀먹고 말 못 하는 여인이 팀장이라니. 가당찮은 모임이겠지. 어쨌든 그 장소에서 빨리 벗어나고 싶었다. 조금 아쉽지만 은설희와도 마찬가지였다. 그래도 의문을 풀 기회는 놓칠 수 없었다.

"관리인클럽과 A&M클럽은 어떤 관계죠?"

"관리인클럽을 아세요? A&M, Angel & Manager의 약자죠. 한국말로 쉽게 관리인클럽이라고들 해요."

"Manager가 관리인?"

묻고 나서야 나는 왜 내가 이제까지 그 생각을 못 했는지 한심스러웠다. 1월에 내가 맞은 manager 화살은 관리인이란 뜻이었다.

"그런데 누가, 어떻게, 왜 A&M클럽 멤버가 되죠?"

"초대받은 사람, 관리인 초청을 받은 사람은 A&M클럽에 반드시 참여하게 되어 있어요."

관리인클럽이 바로 A&M이고 Angel & Manager의 약자라는 정보는 유용했지만 관리인 초청을 받은 사람은 반드시 참여하게 될 것이라는 말에는 섬뜩했다. manager 화살이 박혔었던 가슴으로 저절로 손이 가서 쓰다듬었다. 관리인이 대체 무엇을 관리한다는 말인지는 궁금해도 묻지 못했다. 파고들다 가는 그들에게 더 말려들 것이었다. 그들이 쳐놓은 덫에 더 가까이 가면 안 될 일이었다.

다행스럽게도 9702 버스가 바로 왔다. 서둘러 올라타 통로를 지나며 자리를 찾는데 목소리, 생생한 목소리가 다시 귀에 찾아들었다.

"친구! A&M클럽에 들어가야 해, 자네는 빚이 있어."

"빚? 무슨 빚?"

"아주 크게 진 빚. 이제 그 빚을 갚아야지."

생생하고 명확한 내 수호천사의 목소리였다.

천사가 정말 있다던 8월

 내가 빚을 졌다는 밑도 끝도 없는 말을 듣고 생각할수록 황당했다. 누가 뭐래도 나는 성실한 사람이었다. 학원은커녕 수험서 살 돈도 없는 처지에서 남보다 훨씬 많은 시간을 공부에 매달려야 했다. 그런 성실함으로 Y대의 생명공학과를 국가장학금과 아르바이트로 다녔고, 대기업에 취업했다. 예상은 했지만 직장생활은 쉽지 않았다. 조직 사회에서 다수에 끼지 못하는 나는 외톨이를 자처했고 결국 아침이면 직장 가기가 두려울 지경까지 이르렀다.
 3년쯤 버텼으나 더 이상은 무리였다. 삶을 버텨내려면 소수의 사람들만 상대하는 직업을 찾아야 할 것 같았다. 그래서 밤마다 다시 공부에 매달렸다. 회사를 그만둔 후에는 편의점 알바까지 해 가며 공부해 지방대학 치의학대학원에 입학할 수 있었다.

  그래도 빚을 지지는 않았다. 욕구를 참아내는 것은 어려서부터 익숙한 터라 돈을 빌려 소비하지도 않았다. 대학원에서 받은 학자금 대출은 졸업 후 바로 착실하게 상환하기 시작해서 이미 다 갚았다. 그러므로 나는 누구에게도 금전적 빚이 명확히 없었다. 상대가 자칭 천사라고 하니, 금전적 빚이 아닌 감정적 빚을 의미할 수도 있겠다 싶어 그 부분도 최대한 객관적으로 평가했다.

  내 인생에도 엄마라고 부른 사람은 있었다.

  초등학교 1학년 때 아버지는 읍내에서 소주방을 하던 여자를 집으로 데려왔다. 엄마라고 부를 수 있는 사람이 생겨 신기하기도 했지만, 집안에서 풍기기 시작하는 화장품 냄새와 비누 냄새도 좋았다. 그녀에게 잘 보이고 싶어 말없이 그저 순하게 굴었다. 그러나 아버지와 싸워 집을 떠나던 그녀는 저 어린 새끼조차 능구렁이 같아 보기 싫다고 쏘아붙였다.

  두 번째로 아버지가 여자를 데려왔을 때 나는 중학생이었다. 그녀는 지능이 좀 모자랐다. 말을 하도 더듬어 참고 듣기가 힘들었다. 그러나 수선스럽기는 막 젖 뗀 강아지 같았다. 온 집을 헤집고 다녔고, 심심하면 내 책가방을 방바닥에 뒤집어 놓고 뭔가를 찾았다. 집에 온 지 3주째, 내 가방을 또 뒤집기 시작하는 그녀에게 눈을 부라리며 밀어버렸더니 울며 집을 나가버렸다.

  그 일로 아버지에게 호되게 맞았다. 그리고 나는 누구에게도 환영받지 못하며 호감을 주는 사람이 아니라는 것도 알게 되었다. 그래서 누구에게 내 신상을 털어놓고 엄살을 부린 적이 없어서 빚이라고 여길 만큼 따뜻한 감정을 받아본 기억도 없다. 혹여 감정적 빚을 졌다면 할머니 정도일까? 그러나 할머니는 벌써 10년 전에, 술꾼 아버지는 행려병자로 5년 전에, 나를 버리고 집을 나간 친엄마는 1년 전에 저세상 사람이 되었으니 감정적으로라도 내게 빚 비슷한 것을 요구할 수 있는 사람은 공식적으로 세상에 없었다.

그런데도, 수호천사로부터 갚아야 할 빚이 있다는 말을 들은 후부터 마음이 편치 않았다. 빚 따위는 없다고 자신하면서도 천사와 부딪혀 내가 진 빚이 무엇이냐고 따질 용기는 나지 않았다. 어쩐지 내가 모를 거대한 무엇이 쏟아져 나올 것 같은 두려움 때문이었다.

소극적인 사람이 두려운 것에 대항하는 방법은 피하는 것이다. 그래서 버스를 한 번도 타지 않고 7월을 보냈다. 수호천사는 9702번 버스에서만 목소리로 나타나니 버스만 타지 않으면 천사를 피할 수 있었다. 공황장애가 다시 나타나든 말든 지하철을 탔다.

마음을 강하게 먹어서인지 또는 광장에 노인들 시위가 좀 시들해져서인지 공황장애도 좀 덜 한 것 같았다. 공황장애가 뜸해지자 기분도 나아졌고 마음도 좀 풀려갔다. 곰곰이 상황을 파악할 여유도 생겼다. 아무리 생각해도 이해되지 않는 두 가지가 남았다.

첫째 관리인클럽의 정체를 알 수 없었다. 관리인하면 떠오르는 것이 아파트 관리인이나 회사의 관리자 정도였다. A&M

클럽에서는 대체 뭘 관리하지? 차라리 은설희에게 바로 물어 볼 걸 하고 후회하기도 했다.

두 번째는 그들이 나를 잡고자 하는 이유였다. 왜 내가 그들에게 필요한지 모를 일이었다. 나이 마흔 넘은 이혼남, 불안감과 우울감에 지쳐 있고, 돈 잘 버는 개원의도 아니고, 목표도 희망도 없는 월급쟁이 치과의사가 그들에게 무슨 쓰임새가 있는지 모를 일이었다.

8월 들어 광장에 사람들이 갑자기 불어났다.

법무부 장관 내정자의 자녀 입시에 문제가 있다고 하여 대학에서 시작된 촛불집회가 광화문 광장으로 옮겨붙었다. 장관 임명을 반대하는 현수막을 든 사람들이 광장을 메웠다. 장관 내정자와 대학교수인 그의 아내가 자녀의 입시를 위해 서류를 위조했다고 했다. 직위를 이용해 얻은 정보로 떼돈을 벌려고 사모펀드를 만들었다느니 하는 말들이 마이크를 통해 광장에 울려 퍼졌다. 대통령 탄핵이 부당하다며 외치는 태극기부대는 대부분 노인들이었는데 대학입시 문제가 걸리자 광장에 젊은 이들이 가세했다. 찌는 듯이 더운 8월의 날씨에도 광장에 현수막을 앞세운 시위꾼들이 몰려들었다.

그날도 지하철역으로 가려는데 시위대가 광장을 막아 나아가기가 쉽지 않았다. 8월의 햇빛으로 달궈진 도로에 시위대의 열기가 더해져 광장에 불이라도 붙을 기세였다. 숨이 콱콱 막혔다. 가슴이 먹먹해지고 눈앞이 아득했다. 그러다가 뜸하던 공황장애 발작이 다시 올지도 모를 일이었다.

'에이, 죽기 아니면 살기다. 천사가 날 죽이기야 하겠어?'

다가오는 9702번 버스에 올랐더니 에어컨이 만들어 놓은 시원한 공기 덕에 다시 살아나는 느낌이었다. 내 용기에 흐뭇해하며 통로를 따라 뒤로 들어갔다. 버스 뒤로 가서 앉는 버릇이 어느새 관성이 되어버린 탓이었다. 중간쯤에 초록 머리가 보였다. 혹시 했는데 은설희였다. 주위가 침묵했다. 자리를 찾아 서두르는 사람들의 발걸음 소리도, 옷자락 스치는 소리도, 버스의 엔진소리도 없어졌다.

그렇게 나는 은설희를 다시 만났다.

그녀가 올려다보며 보내는 은은한 미소가 나를 순식간에 안도하게 만들었다. 앉으라는 의미로 은설희는 창가 쪽으로 들어갔고 통로 쪽 좌석에서 에코백까지 집어 들어 내가 앉을 자리를 만들어 주었다. 그녀에게서 멀어져야 한다고 수없이 내게 주지시켰지만 늘 그녀를 생각하고 있었던 나는 하고 싶은 말을 가슴 한가득 품고 있는 기분이었다. 무슨 말부터 꺼낼지 망설이다 겨우 머리색을 언급했다.

"머리가 다시 초록색이네요."

"흠흠, 교육 중일 때는, 머리 색이 특이하면 교육생들이 괜히 오해하니까. 이제 우리 매장에 돌아왔어요."

교육 강사일 때는 일반적인 갈색 머리, 매장 바리스타일 때는 초록 머리라는 의미였다.

"흠흠, 점장님이 현우 씨가 나쁜 사람 같지 않다고 하더군요. 조 대표님도 그렇고요."

은설희는 오랜만에 나를 만나서인지 흠흠 콧바람을 내보였는데, 그 소리가 정겨웠다. 좋은 사람 같다고 말하면 될 일을 굳이 나쁜 사람 같지는 않다고 표현하는 그녀의 말투를 음미하며 좋은 사람으로 보였다니 다행이라고 지나가듯이 말했다.
"점장님과 대표님은 현우 씨가 좋은 사람이라고 말하지 않았어요. 나쁜 사람 같지 않다고 했지."
"그게 그 뜻 아닌가요?"
그녀는 대꾸하지 않았다. 대신 들고 있던 에코백에서 노트를 꺼냈다. 그리고 노트의 중간을 펴더니 직선을 그리고 칸을 나누었다. 뜬금없는 화살표가 그려졌다.

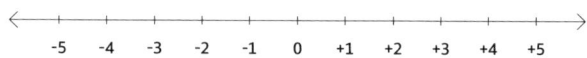

0을 기준점으로 +쪽은 좋다 -쪽은 나쁘다로 표현한다면, 나쁘지 않다는 말은 -쪽에 있지 않다는 의미이지 반드시 +쪽이라는 뜻은 아니라고 설명했다. 그녀가 들이대는 논리는 엉뚱했지만 신선했다. 논리에 완전히 수긍한 것은 아니지만 흥미롭게 화살표를 바라보다가 화살표 위쪽을 차지하고 있는 질서 정연한 글씨에 눈이 갔다. 우리가 처음 만났을 때 썼던 글이었다. 그녀의 예쁜 글씨 속에서 삐뚤삐뚤 드러나는 내 악필도 있었지만 신경 쓰이지 않았다. 나와의 대화 아래에 다른 글이 없어서 마음이 놓였다. 신선하면서도 즐거운 설렘을 다른 사람과는 나누지 않았다는 의미니까.

그러나 곧 그녀와 조경후 대표가 같이 앉아 있던 장면이 떠올랐다. 평안하고 예쁘게 웃어 보이던 은설희. 또 조경후는 그녀의 집 분위기에 얼마나 쉽게 녹아들었는지…….

"조경후 대표와는 연인 사이인가요?"

수없이 혼자서 물었던 내용이라서인지 나도 모르게 그 질문이 나와 버렸다. 눈을 동그랗게 뜬 은설희가 여유로운 미소를 띠며 노트에 적었다.

'조경후 = 희소 가스 = 비활성기체'

"아주 안정적이어서 다른 사람과 연인 관계를 맺지 않는다는 뜻이에요."

은설희는 주기율표 18족에 속하는 화학원소들, 아르곤(Ar) 크립톤(Kr), 제논(Xe), 같은 것들은 이미 최외각 전자가 다 채워져 화학반응에 무심하다고 설명했다. 조경후가 그런 희소 가스 같은 사람이라고, 스스로 안정되므로 특별한 친구를 꼭 필요로 하지 않는다고 덧붙였다. 그런 다음 은설희는 보어의 원자 모양, 핵과 원형 궤도를 그려 8개의 전자를 채워가고 있었지만 나는 그딴 그림에 관심이 없었다.

희소 가스처럼 안정된 인상을 심어 놓으며 젊은 여성 직원의 집에 가서 저녁까지 먹는 대표라니. A's BEAN에 장애인들을 고용해 결국 그렇고 그런 재미를 보는군. 불쾌하고 혐오스러웠다. 생각은 그렇더라도 말은 완곡하게 하려 했는데, 점잖은 말이 나오지 않았다.

"희소 가스처럼 안정된 사람은 대표라는 직함을 이용해 직원 집에 뻔질나게 드나들며 저녁까지 먹어요?"

"흠, 지난번, 대표님은 그날 우리 엄마를 찾아온 거예요."

"가정방문하는 초등학교 교사도 아니고 원, 요즘은 초등학교에서도 가정방문해 보호자를 만나지 않을걸요?"

"우리 엄마가 관리인클럽 파주 문산 지역 팀장님이라고 말했잖아요? 조 대표님은 A's BEAN뿐만 아니라 관리인클럽 대표이기도 해요."

"관리인클럽?"

"네, The Angel & Manager 클럽"

"그런데 Angel은 알겠는데 Manager는 무얼 관리한다는 거죠?"

"삶을 관리하죠. 우리 모두는 각자 개인의 삶 매니저예요. 어떤 상황에서건 스스로 삶을 잘 관리하면 누구나 행복하고 성공적인 삶을 살 수 있으니까요."

어떤 상황에서건 개인이 자기 삶을 관리한다고? 대항할 수 없는 폭력 앞에 서면 어떻게 할 것인데? 다수의 폭력 앞에 개인은 얼마나 왜소하고 나약하기 그지없는데…. 어이가 없었다.

이어 말 못 하고 귀도 못 듣는 그녀의 어머니, 미소만 짓던 촌스러운 여인이 떠올랐다. 그런 장애인 여인이 자신의 삶을 관리하고 관리인클럽 팀장까지 한다고? 그녀조차도 다수를 만들어 저항해 보겠다 이거구만. 하긴 핸디캡을 지닌 그녀가 살아남으려면 큰 다수에 속해야 하겠지.

하마터면 흐-흥 하고 콧소리를 낼 뻔했다. 소리는 참았지만 실소는 입가에 물고 말았다. 내 속마음을 읽었는지 은설희가 먼저 입을 열었다.

"누구나 자신의 삶 관리인이 될 수 있어요. 주어진 삶을 관리하는 것은 각자의 의무이자 권리니까. 그런데 대부분 사람들이 그걸 몰라요. 트라우마에 눌려 포기하고 앉아 그냥 남들만 바라봐요. 그러니 남들이 옳다고 하면 옳은 줄 알고, 틀리다면 틀린 줄 알고. 앵무새처럼 남이 하는 말을 하면서 살죠. 내 삶을 살면서 남의 삶처럼 살아버려요. 하긴 누구도 삶을 연습해 보지 않았으니 방법을 모르는 건 당연하지만… 그래서 우리는 A&M클럽을 통해 관리인으로 살아가는 방법을 알려주면서 함께 훈련해 가는 거예요."

은설희의 말을 듣고 A&M클럽 사람들도 일종의 사회 개혁자가 맞는다고 확신했다. 화영도 모든 사람이 자유롭고 평등한 사회를 만들어야 한다고 주장했었다. 화영이 속한 리더그룹, 은설희가 속한 관리인클럽, 둘 다 자기편을 늘리기 위한 싸움꾼들, 반대 방향이지만 결국은 같은 무리였다.

"그럴싸한 명분이네요. 그런 말로 자기편 수를 불려 가나요? 하긴 대부분 사람들은 다수에 못 끼어 안달이니 그리 어려운 일도 아니겠지만… 수가 많다고 더 정당하다는 의미도 아닌데 왜 그렇게 다수가 되려고 하는지… 다수가 되면 더 뻔뻔하게 우길 수 있어서인가?"

나는 처음으로 내 생각을 그대로 내놓았다. 내가 보기에 다수가 된 사람들, 지지자가 많은 사람들은 더 무모한 폭력을 저지를 수 있는 지위를 차지했다고 믿는 것 같았다. 소수나 개인은 무시해도 되는 것으로 여기는 것처럼. 어릴 때 날 괴롭히던 동민이 패거리가 그랬듯이, 폭력을 휘두르면서도 당당했다.

다수의 폭력 앞에 개인은 얼마나 왜소하고 나약해지는지. 밑바닥 없는 절망에서 결국 스스로를 비겁자로 아예 낙인찍어야 겨우 살아남을 수 있었다.

분노와 흥분이 꼬이고 헝클어져 올라왔다. 나는 은설희를 향해 배배 꼬인 분노를 심술궂게 던졌다.

"그렇게 삶을 관리해 가는 사람들은 미혼모가 되나 보죠?"

은설희는 말없이 나를 지긋이 바라봤다. 노하지도 슬프지도 않은 표정이었다. 경건하고 부드러운 눈빛이 당황스러웠다. 뱉어버린 말을 어찌해야 할지 난감했다. 사과하기에도 무안했다.

"그래요. 엄마와 나는 둘 다 미혼모로 살아가죠. 엄마는 열일곱에 성폭행을 당해 날 낳았고, 나는 사귀던 남자에게… 그는 내 처지를 알고 달아나 버렸어요."

"미안해요. 내가 말을 지나치게 해서…."

"어쩌다 보니 엄마와 나는 같은 처지가 됐지만, 관리해 가면서 내 삶도 소중해졌어요. 또렷한 이유가 있어서 관리인이 일찍 될 수도 있었고."

은설희는 나와는 딴 판으로 정말 편안한 얼굴이었다.

"그런데 당신들 A&M클럽은 이론을 어디서 가져오죠? 추종하는 이론이 뭐죠?"

"추종 이론이요?"

"내가 보기에 당신들은 선행, 남을 돕는 것에 주력하는 것 같던데 그런 것들로 어떻게 자신의 삶을 관리한다는 거죠?"

앞서 말실수를 만회하려는 의도로 부러 진지한 척했다. 은설희는 흐-흠- 호흡을 길게 가다듬었다.

"사람들은 대부분 이미 날개 잘린 기억을 가지고 있어요. 내 날개가 잘리기도 했고, 남의 날개를 부러뜨리기도 했죠. 아세요? 트라우마는 내가 당한 피해보다는 내가 누군가에게 가한 폭력 때문에 더 깊어진다는 것. 그러니 관리인의 삶은 내 날개를 부러뜨렸던 사람을 용서하는 시점에서 시작해요. 점차 다른 사람에게도 먼저 손을 내밀게 되고…. 그것이 선행으로 보였나요? 참 누구의 이론을 따르느냐고요? 우리는 천사의 도움도 받고 직접 교육도 받아요. 가끔 천사와 sharing time을 가져요. 연말에는 천사들과 파티도 하고."

"진짜 천사와?"

"물론 진짜 천사죠. 천사는 언제나 바로 곁에 있어요. 천사의 도움 속에 살면서도 사람들이 인식하지 못할 뿐."

"허 참, 그래 개인의 수호천사가 있다고 합시다. 나도 가끔 이상한 목소리는 들으니까. 당신들이 말하는 천사는 각자의 수호천사요?"

"물론 수호천사의 의견에 귀를 기울이죠. 그리고 가끔은 주천사 야리엘도 우리 클럽에 와서 삶을 관리하는 방법을 가르쳐줘요. 그래야 더 많은 일, 더 큰 일을 할 수 있으니까."

"큰 일? 어디서 많이 들었던 말이네요. 내 전처가 큰 일 좋아하던 여자였죠. 그래서 광화문에서 한 2년 떼쓰더니, 대통령도 내려보내고- 내 참, 자기 패거리 많이 만들더니 결국 그 일로 성공했어요."

내 말투는 다시 비아냥거림이었다. 화영이도 세상의 약자들 서민들이 잘사는 정의로운 사회를 만들어야 한다고 했었다.

그런데 이번에는 개인의 삶을 관리한다는 그럴싸한 명분을 내세운 사이비 종교 단체를 만난 것이다. 화영이도 처음에는 지극히 발랄하고 신선한 모습으로 왔었다. 그러나 결국은 쓴 맛이 오래가는 어정쩡한 기분만 남긴 채 떠나갔다. 또 그런 일은 당하고 싶지 않았다.

"설희 씨, 이젠 틱도 없군요. 가짜 틱이었나요? 공황장애를 가진 날 포섭하기 위해 가짜 틱 증세를 보였어요?"

은설희는 변함없는 표정으로 자신은 익숙하지 않은 사람 앞에서는 틱 증세가 있는데 편안해지면 나아진다고 했다. 그녀가 너무 차분해서 좀 기가 죽었지만 나는 끝까지 내 주장을 굽히지 않았다.

"전 아내가 진보 진영 리더였는데, 그들이 아무리 광장에서 떠들어도 난 참여하지 않았어요. 당신들, 관리인클럽인지 뭔가가 아무리 나를 포섭하려 해도 안 될 거요. 난 내가 옳다고 생각하는 일을 하지 남의 말이나 행동을 따라 하는 사람이 아니니까. 당신들이 말하는 날개 잘린 앵무새가 아니란 말이오."

똑 부러지게 선언한 나에게 은설희는 혼자 말처럼 중얼거렸다.

"정말 그럴까요?"

"당연하죠."

곧바로 말에 힘을 주어 도장 찍듯이 응수하며 내 말에 수긍하지 않은 은설희를 눈에 심지를 켜고 노려보았다.

그때, 내 수호천사의 생생한 목소리가 끼어들었다.

"친구! 네 모습을 봐."

시골길이 펼쳐졌다. 추수를 끝낸 들판에 군데군데 눈이 쌓여있었다. 매서운 바람이 불어와 쓰리던 상처가 아프다 못해 얼얼했다. 저만치 분홍 책가방을 멘 선아가 앞서가고 있었다. 나는 점차 걸음을 빨리하다, 뛰기 시작했다. 달려가 선아의 앞을 가로막았다. 놀라 뒷걸음치는 선아를 다짜고짜 논으로 밀어버렸다. 쌓인 잔눈이 얼어붙은 논으로 선아가 넘어졌다.

"화냥놈 새끼 딸년, 뒈져 버려." 나는 선아를 힘껏 발로 찼다. 눈 위로 뾰족뾰족 나온 벼 자투리 위로 선아가 굴렀다. 몇 번 구르다 겨우 일어나 앉는 선아의 얼굴에 피가 보였다. 얼굴을 감싼 선아의 손가락을 타고 피가 새빨갛게 흘렀다. 양손을 들어 피를 본 선아가 엉엉 울었다. 맞을 때마다 소리 죽여 훌쩍이기만 하던 선아가 논바닥에 다리를 뻗고 엉엉 울었다.

다른 날과 다른 선아의 반응에 당황했지만 분이 완전히 풀리지는 않았다. 씩씩거리며 집으로 달렸다. 입가의 상처가 몹시 쓰라렸다. 동민이 패거리에게 맞은 상처였다. 선아 때문에, 선아의 아버지 때문에. 그 화냥놈이 나의 엄마를 데리고 도망쳐버려서 맞았다.

그렇게 동민이 패거리가 때릴 때마다 나는 선아를 찾았다. 분풀이를 하기 위해. 동민에게 500원 빼앗긴 날, 선아에게서 1,000원을 빼앗기도 했다.

아주 순간, 1, 2초나 될까 하는 시간에 과거의 한 시점이 영상처럼 펼쳐졌다.

나는 일어서 하차 벨을 눌렀다. 어딘지는 중요하지 않았다.

어서 버스에서 달아나고 싶었다. 은설희가 올려다보며 뭐라고 말했지만 대꾸하지 않기 위해 아랫입술을 깨물었다.

내가 대답을 하지 않는데도 은설희는 계속 나를 올려다보며 소곤거렸다.

"주천사 야리엘이 가끔 와요. 우리를 만나러. 야리엘이 현우 씨도 만나고 싶어 해요."

"뭐라고요? 무슨 말을?"

"천사는 정말 있어요." 은설희가 또렷하게 말했다

'흥, 천사놀이에 너무 몰입했나보군.'

말을 삼키며 통로를 걸어 나와 버스에서 내려버렸다. 연신 내였다. 좀 일찍 내렸다고 해서 큰 문제는 아니지만, 구파발까지 가려면 지하철로 한 정거장, 버스로는 두 정류장이 남아있었다. 아무래도 지하철을 타는 게 나을듯하여 역 입구를 바라보며 터덜터덜 걸었다.

"공덕을 많이 쌓으셨네요."

"네?"

내 또래의 사내가 바싹 붙어 하는 말을 해석하지 못해 되물었더니 하늘에서 내 등으로 빛이 쏟아진다고 했다. 공덕을 하도 많이 쌓아서. 이제 복 받는 일만 남았으니 조용히 얘기해 보자고 했다.

'미친-' 중얼거리며 횡단보도를 빠르게 건넜다. 다행히 사내는 따라오지 않았다.

30여 미터를 더 걸어 지하철역 입구로 들어가려는데 누군가 뒤에서 또 잡았다.

"공덕을 많이 쌓으셨네요."

이번에는 50대 아주머니였다. 또 복을 받게 해주겠다고 하겠군, 멘트라도 좀 다양하게 개발할 것이지.

공덕 쌓았다고 말하는 아주머니를 피하려다 이미 지하철역 입구를 지나버려 아무래도 걸어가야 할 판이었다. 버스는 다시 타고 싶지 않았다. 500여 미터만 가면 집으로 향하는 샛길도 있었다. 뉴타운 실개천을 따라가면 되는 길이었다.

천천히 걸었다. 기성 종교든, 사이비종교든, 샤머니즘이든 그런 걸 믿고 사는 정신 나간 사람들이 문제였다. 길거리에서 도를 전하는 남자나 아주머니는 사기꾼이 아니라면 자기최면에서 빠져나오지 못하는 자들일 것이다. 은설희도 그녀의 어머니도 또 내 어머니였던 여자도 마찬가지로 사기꾼이 아니면 자기최면에 걸려 다른 사람까지 선동하려 들었다.

교회 얘기를 자주 섞긴 해도 친절한 유지희가 떠올랐지만 고개를 저어버렸다. 은근하게 한다는 것만 다를 뿐 그녀도 선동꾼인 건 마찬가지였다. 화영은 그래도 제 정신임으로 그들보다는 나았다. 자기의 이념을 실현하고 권력을 잡기 위한다는 지극히 현실적이고 합리적인 목표를 가지고 선동했다. 어쨌든 모두 자기편 수 불리기에 몰입해 있었다. 무리를 이룬 다수 속에 숨어 무례하고 저열한 횡포를 휘두르기 위해서.

걷다 보니 어느덧 박석고개였다. 고개를 내려와 아파트 단지를 가로질러 실개천 갓길로 접어들었다. 반대편 내 아파트를 바라보며 징검다리를 흐느적거리며 건넜다. 징검다리 너머

언덕 위 첫 번째 아파트 3층이 내 집이었다. 몸에서 모든 활기가 빠져나가고 빈 몸뚱이가 걷고 있는 기분이었다.

"이쪽으로 올 줄 알았지. 좋은 길 놔두고 굳이 냇가로, 그나마 징검다리로- 실속 없기는!"

익숙하고 활기찬 목소리에 고개를 들었더니, 뜻밖에도 화영이 징검다리 앞 벤치에 앉아 웃고 있었다. 미색 마 슈트에 구찌 핸드백, 여유 넘치는 표정의 화영이었다.

"어떻게?"

"내가 모를 줄 알았어? 이런 근사한 아파트 주인장이 되고서도 왜 연락 안 했어? 이러기야? 옛정이 있지."

화영이 웃으며 눈을 흘겼다. 나는 떨떠름한 기분으로 화영의 앞에 섰다. 화영은 얼굴을 한껏 펴서 눈웃음 지었다. 잠시 그녀를 바라보다가 불쑥 물었다.

"천사가 정말 있을까?"

"아직도 그렇게 몽롱하게 살아? 눈에 보이는 현실에 집중하세요. 정현우 씨!"

나를 향해 화영은 타이르듯이 눈을 다시 부드럽게 흘겼다. 눈은 부드럽지만 입술을 오므리는 걸로 보아 화영이 나의 어리석음을 참아주고 있었다. 아마 내 아파트를 많이 보고 싶은가 보았다.

나는 당장이라도 무척추동물이 되어 다리가 무너질 것 같았다. 온몸의 에너지는 고갈되고 경직되고 무거운 살덩이로만 남은 기분으로 맥 놓고 서 있었다. 화영이 일어서 내 팔을 잡았다. 그리고 나를 끌고 내 아파트 쪽으로 걸었다.

나를 끌고 몇 걸음 가던 화영은 경직된 살덩이를 의식했는지 곧 팔을 놓고 앞서 걸었다. 나는 화영보다 뒤처져서 내 아파트로 가는 언덕을 느릿느릿 올라갔다.

유령을 만나러 간 9월

　광화문 광장에서는 연일 새로 임명된 법무장관더러 내려오라며 아우성이었다. 법무장관의 인사청문회가 열리던 9월 초를 기점으로 시위 군중이 급격히 불어났다. 시위대는 법무장관의 과거 발언들을 물고 늘어졌다. "우리 사회의 공정을 바로 세우는 일을 끝까지 포기해선 안 됩니다." 그가 했던 유려한 말이 피켓으로 시위대의 손에 들려있었다. 공정을 주장했던 그가 자신의 삶에서는 누구보다도 불공정했다는 것을 비아냥거리는 것이었다. 그런 현상을 언론은 과거의 그가 현재의 그를 비판한다는 그럴싸한 문장으로 정의했다. 사람, 피켓, 현수막으로 광장이 빼곡했다.
　반면에 그 법무장관의 임명을 지지하는 사람들이 촛불을 들고 서초동 대로를 메웠다. 서초동에 모인 사람들은 법무장관을 수사하는 검찰이 문제이니 검찰 개혁을 하라고 외쳤다. 별 죄도 아닌 것을 정치검찰이 지나치고 치밀하게 수사한다는 논리였다. 법무장관 임명을 철회하고 더 확실한 수사를 해야 한다는 광화문 집회, 법무장관 임명을 지지하며 검찰 개혁을 외치는 서초동 집회, 양측은 밤마다 대규모로 모여 촛불을 들었다. 누가 더 다수를 모으는지 시합하듯이 치열하게 사람들을 불러 모았다. 싸움의 승패는 옳고 그름이 아니라 오직 모은 사람들의 머릿수로 결정되는 것처럼.

화영은 당연히 서초동 집회에 앞장섰다. 8월에 내 아파트에 와 본 후 1주일이 멀다고 오곤 했는데 9월 들어 서초동 집회에 앞장서느라 찾아오지 못했다. 법무장관 문제로 서초동 집회에 나가 밤마다 또 촛불을 들도록 유려한 연설로 선동하는 데 몰입해야 했기 때문이다. 진보 측 리더그룹에 속한 그녀에게는 사회적 계단을 단숨에 더 오를 기회이기도 했다. 집에 찾아오는 대신 화영은 카톡을 자주 보냈다.

"저녁 먹었어?"

"서초동 가는 중."

"밀리느냐 밀어붙여 버리느냐 그것이 문제로다. 힘내자 팟팅!"

"우린 반드시 이길 거야. 서민을 위한 서민에 의한 공정하고 평등한 사회를 위하여!"

결의에 찬 카톡을 보내기도 했다. 자주 듣던 말이라서인지, 전에 여자 대통령을 탄핵시킬 때 쓰던 것보다는 느슨하고 진부하게 느껴졌다. 그때는 화영의 눈빛까지 벌게져 얼굴에서부터 투사였다.

"내 의견 생각해 봤어? 우리 다시 합치는 것. 내가 집을 나올 때는 좀 암담했었어. 내 일도 그렇고, 월세 집에서 사는 것도 그렇고, 자기도 비전 없이 굴었고. 이제 집도 있으니, 자기는 지금처럼 목적 없이 유유자적 살아도 인정할게. 지금 와 생각해 보면 자기 같은 남편도 괜찮을 것 같아. 내가 철이 들었나?" "너무 깊이 생각하면 결론 내기 힘들어. 그러니 그냥 우리 다시 합치자."

장문의 카톡에 이어 직접적으로 다시 합치자고 언급하기도 했다. 화영다운 일이었다. 내게서 떠나갈 때는 봄 되어 시베리아로 가는 기러기처럼 비장하게 훌훌 털더니 이제 강남 다녀온 제비처럼 사뿐히 날아들어 올 기세였다. 커피 캐리어를 들고 처음 나를 찾아올 때처럼 당당했다. 화영은 아마 이번 법무장관 관련 시위에 성공하면 진보 진영에서 더 큰 것을 얻을 수 있다고 믿는 모양이었다. 비례대표 국회의원쯤 꿈꾸고 있을 지도 모를 일이었다. 돈은 많이 벌지 못하지만 집과 전문 직업을 가지고 있는 남편, 자신의 정치적 야심을 채우는 데 필요한 액세서리로 가정이 필요하다는 계산을 이미 마친 상태로 보였다.

나에게도 화영의 의견은 솔깃했다. 이혼남이란 표지를 붙이고 늙어가기보다는 사회적으로 성공한 아내를 둔 삶이 남들 눈에는 괜찮아 보일 것이다. 화영을 사랑하느냐는 것은 별개의 문제였다. 내가 과연 여자를 사랑한 적이 있었는지도 의문이었다. 은설희를 만나고 마음이 동요된 것은 사실이지만, 더 이상은 안 될 일이었다. 딸까지 가진 미혼모라는 사실을 떠올리며 괜히 그녀의 복잡한 인생에 말려들 필요가 없다고 자주 되뇌었다. 천사클럽인지 관리인클럽인지 하는 조직에 끌려갈까 불안하기도 했다.

그렇다고 화영에게 새로 마음이 움직인 것도 아니다. 그녀가 시위에 앞장서는 것을 말리지는 못하지만 패거리 만들기에 혈안이 된 모습이 무섭고 싫었다.

법무장관 문제로 광장에 사람들이 다시 밀물처럼 몰려들자 나는 더 불안해졌다. 가슴을 점령해 오는 팽팽한 긴장감을 숨기느라 안절부절못하고 허둥댔다. 결국 짜증의 빈도만 늘었다. 나도 모르게 이미 화영의 정치적 성향에 동조자가 되었는지 화영과는 반대편 시위꾼들이 더 보기 싫었다. 낮에는 아예 광장을 내려다보지 않았다. 그러나 퇴근 시간이면 어쩔 수 없이 대규모 군중과 맞부딪쳐야 해서 호흡이 쉽지 않을 때가 많았다. 공황장애 증상이 다시 심해질 참이었다.

이래저래 9702번 버스를 다시 타게 되었다. 늘어난 시위꾼 때문에 광화문역에 지하철이 무정차 통과하는 날이 많아서 현실적으로도 어쩔 수 없었다.

오후 들어 단순한 구강검진을 백여 명 했더니 피곤하고 배도 고픈 날이었다. 버스에 올랐을 때 좌석은 이미 꽤 차 있었다. 중간쯤 빈자리를 바라보며 그곳으로 갔다. 얼핏 보기에 왜소하고 작은 남자가 창 쪽에 앉아 있었지만 눈여겨보지 않고 옆에 앉았다.

휴대폰은 폈지만 화면이 넘겨지지 않았다. 생각은 아직도 광장의 시위꾼들에게 있었다. 서로 상대는 악이고 자신들은 선이라는 양 집단, 광화문의 보수 집단과 서초동의 진보 집단. 둘 다 보수적이지도 진보적이지도 않았다. 광화문에서는 썩은 고기를 찾아 헤매는 하이에나 떼처럼 개인의 사소한 흠까지 파고들어 떠벌렸다. 서초동에서는 뻔히 드러난 잘못을 인정하는 대신 수사하는 검찰을 탓했다. 인간에 대한 동정심을 잃어버린 쪽이나 인간이라면 당연히 가져야 할 부끄러움을 상실한 쪽이나, 둘 다 지지자를 끌어들여 세상의 상식이나 도덕을 뒤엎어 버리는 조직적 폭력배들이었다. 선과 악의 정의도 다수결로 정해진다고 믿는 집단이었다. 수를 불리려고 혈안이 된 선동꾼들이 불어넣은 의협심을 안고 사람들은 광화문과 서초동에 달려들었다. 집단으로 뭉쳐가는 사람들은 선동꾼들이 하는 말만 앵무새처럼 되풀이했다.

 더 많은 다수, 더 큰 집단이 되어가는 저들은 나 같은 피해자가 있다는 것을 알기나 할까? 그렇다면 나도 뭔가 해야 하지 않을까? 이런 상황을 스톱시킬 수는 없을까? '얼음'이라고 외쳐 움직이는 아이들을 그 자리에 멈추게 하는 것처럼 시위대를 그대로 얼음 만들어 버리는 방법. 이 미쳐버린 사회가 제자리를 찾도록.
 나는 검색 창에 화염병을 쓰다가 지우고 급하게 사제폭탄 제조법을 썼다. 어차피 실행은 못 할 것이고, 이왕이면 효과 좋은 것을 찾아보자는 의도였다. 사제폭탄 제조법은 그리 어려운 것도 아니었다. 뇌관이 될 만한 것에 폭발물만 부착하면 되는 것이었다. 쉬운 방법이 나온 사이트를 캡처하고 몇 번을 반복해서 읽었다. 그리고 메모장에 뇌관과 화약이라고 쓴 뒤, 칸을 나눠 뇌관이 될 만한 것들을 적어 가기 시작했다. 폭탄제조법에 집중하니 숨쉬기 어렵던 문제도 사라지고 배터리를 긴급 지원 받은 로봇처럼 가슴이 시원하게 펴졌다.

"폭탄 던져 죽여 버리고 싶은 사람이 누구요?"

옆에 앉은 남자가 난데없이 물었다. 흠칫해서 쳐다보는데 남자가 답을 제시했다.

"아내?"

"아니오. 떼거리 폭력배들."

내 대답은 꽤 비장하고 무거웠다. 남자는 눈을 가늘게 뜨고 나를 주시했지만 다시 내 일로 돌아갔다. 기분 따라 심심풀이로 사제폭탄 제조법을 알아보는 것이니 옆 사람에게 신경 쓸 일도 아니었다. 그냥 폭탄 제조법을 간결하게 정리했다. 재료가 많지도 않았다. 인터넷에서는 검색엔진들을 검열한다니 만들기도 전에 들통날 가능성이 있어 점심시간에 청계천과 을지로를 돌아다니면 구할 수 있을 것 같았다. 심심풀이로 하는 짓이지만 하다 보니 재미가 붙었다.

"아내가 예뻐요?"

"아니요."

남자가 또 물었을 때도 물품 정리 차트에 집중하고 있었기에 대충 대답했다.

"다행이군요!"

남자가 성가실 정도로 말을 붙인다 싶어 눈에 힘을 주고 옆에 앉은 남자를 보았다. 냉소가 어렸지만, 어딘가 서글퍼 보였고, 실없이 말을 거는 것 같지는 않았다. 나이가 오십은 넘었을 것 같은데, 인상은 깔끔하고. 그런데 울다 지친 사람처럼 왜 눈에 핏기? 남자의 외모를 훑어가며 궁금증에 빠져들었다.

내 아내였던 화영은 사람들이 꽤 예쁘다고 평하는 여자였다. 그런데 아내가 예쁘냐는 물음에 내가 왜 그렇게 단호하고 빠르게 아니요, 라고 했는지 모를 일이었다. 그러다 곧 부정형의 내 답이 옳다고 결론지었다. 이혼한 나는 예쁜 아내도 못생긴 아내도 없기에 부정이 정답에 가까웠다. 그리고 알지도 못하는 남자에게 굳이 이혼 여부 따위를 설명할 필요는 없었다.

"행복하대요? 아내가?"

이번에는 순간적으로 짜증이 올라와 메모장을 덮고 눈살을 찌푸렸다. 내 찌푸려진 이마를 빤히 보면서도 남자가 재차 물었다.

"아내는 애교가 좋아요?"

"아니요."

데설궂게 따지던 화영의 얼굴을 떠올리며 고개를 세차게 젓고 퉁명스럽게 대꾸했다.

'참 별스런 인간이네. 남의 아내가 있든 없든 예쁘든 밉든 애교가 많든 적든 무슨 상관?'

"멋쟁이예요?"

"내 아내가요? 그런데 내가 왜 이런 질문에 답해야 하죠?"

결국 짜증을 말로 드러냈다.

"적어도 가면 쓴 유령과는 살지 않는군요."

표정 변화 없는 남자가 무감각하게 혼잣말하듯이 중얼거렸다. 이제 나는 아내가 없다고 고백해야 하나? 잠시 망설였다. 이혼해서 아내가 떠나간 지 이미 2년째라고 말할까 하다 그만두었다. 피곤한데 별 이상한 작자와 좌석을 공유하게 된 것 같았다. 그러나 더 이상 그가 귀찮게 구는 것은 막아야 했다. 그것도 폭탄을 연구하는 재미있는 시간에. 그의 말을 차단할 따끔한 말을 준비하다 입을 다물었다. 물기가 어른거리는 남자의 눈 때문이었다. 깊은 절망, 허탈감, 근심 같은 감정 위에 표독스러움과 비장함이 떠도는 게 심상치 않았다. 남자의 작은 체구가 약하게 떠는 것도 보았다. 불안해 보였다.

따지기를 포기하고 고개를 숙여 다시 휴대폰을 켜려는데 남자의 눈에 어린 물기가 마음에 걸렸다. 무슨 말이라도 그에게 해줘야 할 것 같았다. 적당한 말을 찾다가 남자에게 어디까지 가느냐고 물었다. 공동묘지요. 남자가 간단하게 답했다.

"공동묘지요? 혹시 아내 분에게 무슨 일이?"

최근에 아내가 죽었나보다 했다. 그것도 아주 예쁘고 다정다감하고 애교 많은 아내가. 남자의 차림으로 보아 꽤 인텔리임에 틀림없었다. 왜소한 체격이었지만 자존감이 심긴 눈빛이 남 밑에서 나이 먹어가는 인상은 아니었다. 시내에 본사를 둔 회사의 중역이나 성공한 사업가쯤일까? 남자의 나이가 50대로 보이는 걸로 보아 그의 죽은 아내도 다행히 아주 젊지는 않았겠다 싶었다. 아내 묘가 문산에 있나? 가보지는 않았지만 9702번 광역버스의 종점이 문산이라니까. 그런데 오늘은 산소에 가려면 너무 늦지 않았나? 두서없이 짜맞추다 보니 아귀가 맞지 않았다. 쓸데없는 생각에 빠져 들었음을 깨닫고 속으로 중얼거렸다.

'It's not my business! 남에게 신경 쓸 필요 없어.'

화영은 세상을 공정하게 개조해야 한다며 뛰어다녔다. 하긴 화영은 그 일로 나름 성공했기 때문에 쓸데없이 뛰어다닌 것은 아니었다. 지나친 사회 참여의식으로 남의 일에 신경 쓰느라 나를 팽개쳤을 뿐이지. 이제 내가 세상을 바꿀 거야. 화영이나 그 패거리들이 순박한 사람들을 현혹해서 멀쩡한 사람들을 날개 잘린 앵무새로 만들어가지 못하도록. 내가 세상을 바꿀 거야. 사제폭탄 제조법을 알아낸 직후라서 가슴이 팽배했다.

"참 기막힌 일이 벌어졌어요. 내게."
"기막힌 일을 당한 사람은 많아요."

수많은 사람들이 선동에 현혹되어 날개 잘린 앵무새가 되어가는 현실을 생각하며 시큰둥하게 대꾸했다. 남자는 내 대꾸를 자신의 말을 들을 준비가 되어있다고 느꼈는지 상황을 터놓기 시작했다. 그때가 홍제인지 녹번인지는 기억이 없다. 그 언저리쯤이라고 해두겠다. 남자는 자신을 성형외과 의사라고 소개했다. 종로에서 개업 중이라고 했다. 그의 직업을 알고 나니 유달리 흰 피부가 사업 판에서 살아남을 인상은 아니다 싶었다. 나와 마찬가지로 남들 따라 공부해서 배운 대로 살아갈 사람의 얼굴이었다. 수긍하기 싫지만 그나 나나 이미 날개 잘린 앵무새들일 것이다. 생각을 굴리며 대답 없이 듣기만 했다.

"내 딸의 혈액형 검사를 해 봤어요. 아이가 무릎에 멍이 자주 들고 피가 잘 멈추지 않기에 혹시나 하고 혈액을 채취해서 임상병리 하는 친구에게 의뢰했었지요. 혈액 질환 중에 그런

초기 증상을 나타내는 것들이 있거든요."

딸이 문제인데 왜 아내 얘기부터 시작했는지 의아했지만 빨리 끝내길 바라며 참고 들었다. 표정으로 보아 심각한 문제 같았기 때문이다. 남자가 딸이 백혈병 중 하나라고 말을 이을 것 같아 나는 형식적이지만 위로의 말까지 했다.

"마음 아프시겠어요. 딸이 아프면……."

남자는 내 말에 침묵으로 대꾸하다, 한참 후에야 감정을 억제하듯 띄엄띄엄 말을 나열했다.

"참 예뻐서 키웠어요, 내가. 위에 아들이 둘 있는데 이미 컸고. 늦게 낳은, 늦둥이 딸. 이제 중학교 1학년인데."

속 시원하게 말을 잇지 않아 답답했지만 조금 더 참았다.

"나를 많이 닮았다고 한 사람도 있었는데." 남자는 마음을 다잡으려는 듯이 숨을 길게 내쉬기도 했지만 목소리가 떨렸다.

"딸이라서인지 정이 많이 갔는데…."

남자가 말을 멈추고 한참이 지나도록 더 잇지 못했다. 나는 자식을 가져본 적은 없지만 딸을 염려하는 남자의 심정은 나름대로 이해했다. 사랑하는 늦둥이 막내딸이 백혈병에 걸렸다면 그 마음이 어찌겠는가. 불치의 병을 가진 아이의 부모라니. 남자를 위로할 말을 찾았지만 답답하게도 적당한 말은 떠오르지 않았다.

숨을 길게 내쉰 남자가 다시 입을 연 것은 좀 후였다.

"그런데, 아이 혈액형이 AB형으로 나왔어요."

남자가 숨을 길게 내쉬고 또 말을 끊었다. 요즘 혈액을 구하기 어렵거나 골수이식이 어려운가보다 생각하면서 그의 설명을 기다렸다. 허어- 긴 한숨 후에 그는 포기한 듯이 천천히 말을 내놓았다.

"아내는 A형, 나도 A형, 둘 다 A"

A형과 A형 부부의 자식은 A형과 O형 밖에 나올 수 없다는 것에 생각이 미쳤다. 그런데 딸이 AB형이라니. 뜻을 파악한 내가 남자를 쳐다보았다. '설마?' 이어지는 생각을 말로 내놓지는 못했다.

"이제 와 생각하니 감이 잡히는군요. 딸이 태어날 그즈음 몇 년, 아내가 생기발랄했다는 것, 더 다정해지고. 애교 넘치고, 예쁘게 굴었는데, 그게 다 나를 속이기 위한 쇼였는지, 미안해서였는지, 아니면 그때는 행복했는지……."

"설마요?"

달리 말을 떠올리지 못한 내가 반박했다.

"아내의 개인 피트니스 트레이너, 허리가 쭉 빠진 날렵한 대학생 같은 친구였죠, 우리 가족과 몇 번 식사도 했어요. 아내가 다니던 문화센터 시인도 아내의 뒷모습을 주시하던 기억이 나고. 중학교 때 교사였다는 남자, 혼자 사는 그에게 아내가 음식을 나르던 일. 친절하게 인사 나누던 앞집 남자도 있고. 택배기사를 맞아 웃음으로 보내던 아내 모습까지. 별의별 생각이 머릿속에서 끓어올라서…."

"선생님과 아내 분 혈액형은 확실해요? 그리고 따님 혈액형 검사를 다시 한번 해 보는 것이 어떨까요? 왜 있잖아요, 병원에서 가끔 아기도 바뀌던데 혈액이라고 안 바뀌겠어요?"

"흐-흐흠- 유전자 검사까지 했어요. 오늘 결과를 받았는데.

불일치….”

할 말이 없었다. 머리가 휑하게 비어버린 기분이었다.

"보인다고 해서 믿을 만한 것은 아니라는 것, 이제 알았네요. 난 날마다 사람을 더 예뻐 보이게 하는 일만 하느라, 얼굴만 바라봤지 여자들의 내면이나 진실성 같은 것은 생각해 본 적이 없어요. 여자는 예뻐야 한다고 말해가며 예쁜 아내를 자랑스러워했어요. 날 만나기 전에 이미 다른 성형의의 손을 빌렸다는 것도 알고 있었고 또 내가 직접 아내 얼굴을 몇 번 손대 줬죠. 나처럼 돈 잘 벌고 능력 있는 남자가 누리는 특권이라고 여기면서."

남자가 쓴웃음을 지으며 창밖으로 얼굴을 돌리고는 거리에 가면 쓴 사람들이 참 많다느니, 가면만 꾸미고 살았더니 아내가 가면 쓴 유령이라는 걸 전혀 몰랐다느니, 혼자 중얼거렸다.

"유령처럼 모호하고 알 수 없는 아내보다는 아이와 멀어지기가 더 힘들 것 같아요. 그 애가 받을 상처를 생각하면. 사춘기인데……."

그는 혼잣말처럼 중얼거리다 나에게 하는 말도 끼워 넣었지만 내가 계속 대꾸를 하지 못했다. 이럴 때를 위해 남을 위로하는 말을 좀 알아두었으면 좋았을 것을…. 그러고 보니 나는 아직 누구를 위로해 본 적도 없었다. 내 삶만 감당하기에도 벅차서 짜증이라는 가면을 둘러쓰고 버텼다.

남자가 이 버스가 어디로 가느냐고 물었다. 버스 행선지도 모르고 탄 모양이었다. 그는 답답해서 병원을 나와 그냥 걷다가 차를 탔다고 했다. 파주를 거쳐 문산으로 가는 버스라고 말해주자 그쪽은 아직 한 번도 가보지 못한 곳이라고, 좁은 병원에서 가면 만드는 일에만 골몰하고 살았더니 옆 동네가 어딘지도 몰랐다느니, 얼굴이 사람 사는 데 가장 중요한 것으로만 알고 살았다는 둥 혼자서 더 중얼거렸다.

'하긴 날개 잘린 앵무새로 살았으니까. 남들이 돈 벌어야 한다니 돈 벌고 남들이 말하는 예쁜 여자를 만나 결혼하고, 성형의사 아내 얼굴은 예뻐야 한다고 늙어가는 아내 얼굴을 남들 눈에 맞게 고쳐가면서, 남들의 생각대로 살아가는 앵무새.'

"파주든 문산이든, 납골당이나 공동묘지는 있겠지."

중얼거리는 그에게 왜 공동묘지를 찾느냐고 물었다.

"유령이라도 만나보면 내가 어디서부터 잘못되었는지 알 수 있겠지요. 살아가기가 버거워져……."

남자는 창밖을 보고 중얼거렸다. 굳이 내가 듣기를 바라고 하는 말 같지도 않았다. 표정 없이 중얼거리는 그 역시 반쯤 유령이 돼 있는 것 같았다. 남자의 고개를 따라 창 너머를 보니 땅이 이미 어둠에 점령되어 있었다. 자살이라는 음흉한 환상으로 점령되어 있을 남자의 머릿속 어둠이 보였.

연신내에서 사람들이 많이 내려서, 박석고개에서는 버스가 홀가분해졌다. 내릴 준비를 했다. 일어서려는데 밤길에 유령을 찾아가겠다는 남자를 두고 내려도 되나 하고 망설여졌다. 그렇다고 그와 공동묘지까지 동행할 수도 없는 일 아닌가? 'A&M클럽' 그 사람들은 이럴 때 어떻게 하지? 하는 생각이 불현듯 나섰다.

'난 그들과 접촉하면 안 돼. 남이야 밤중에 공동묘지에 가든 유령을 만나든 설사 자살을 하든, 내 일이 아니지. 괜히 복잡한 일에 말려들지 말자. 집에 가서 사제폭탄 만드는 과정 공부나 마무리해야겠어. 사용은 못 하겠지만 그래도 한번 만들어보는 거지 뭐.'

눈을 질끈 감았다 뜨고는 입술을 꾹 다문 채, 남자가 앉은 창가로 팔을 뻗어 스톱버튼을 눌러버렸다. 버스 문이 열렸다. 그런데 내 의지와는 다르게 몸이 일어서지질 않았다. 아무도 내릴 기미가 없자, 버스는 문을 닫고 다시 움직이기 시작했다.

남자에게 이미 아내와 이혼해 버린 치과의사라고 말하자, 그는 나를 물끄러미 바라보다가 사제폭탄 제조법을 찾는 걸 보고 아내에게 원한이 많다는 걸 알았다고 했다. 자신도 아내가 있는 집에 폭탄이라도 터트려버릴까 생각했다면서.

그가 많은 얘기를 했다. 좀 횡설수설하기는 했지만 남의 딸임을 알게 된 여자아이에 관한 얘기가 많았다. 그 아이를 아들들보다 더 사랑했다고. 그러나 아내에겐 반드시 보복하고 싶다면서 폭탄을 터트릴 수는 없어 아내가 평생 후회하며 지긋지긋한 삶을 살게 만들어버리겠다고 했다. 나는 그를 위해 뭔가 해야만 할 것 같았다. 그가 공동묘지에 가도록 내버려둘 수는 없었다.

"파주에 가면 유령 종류를 만날 수 있어요. 그냥 보면 인생 실패자들인데 삶의 관리 방법을 안다는 사람들, 그들에게 좋은 방법이 있을지도 모르죠. 내가 그들에게 데려다 드리죠."

그가 눈을 가늘게 뜨고 나를 훑었다.

"천사인지 유령인지는 모르지만, 그들은 어떻게든 도울 거요. 관리인이라고 스스로를 부르는 사람들인데 우리 같은 사람을 기다리고 있으니까."

남자가 고개를 갸웃하며 의문을 품은 눈으로 나를 주시했다.

"나도 그들을 정확히 설명할 수는 없어요. 유령을 찾아 공동묘지를 찾는 마당에 뭐 두려울 게 있나요? 어쩌면 남 따라 사는 앵무새 신세를 벗어날 수도 있는데…."

확신도 없으면서 나는 자신감을 내보였다.

남자는 나와 함께 파주 봉일천에서 내렸다. 한길 코너에 있는 편의점을 지나고 눈에 익은 오래된 저층 아파트 단지를 끼고 돌아 그 아파트 끝, 금속공예공방 *A&M* 앞에 섰다. 어스름한 가로등 아래 지붕은 검푸른색이었고 공방으로 들어가는 초록 문은 거의 검어 보였다. 10여 미터 앞의 진녹색 문을 흙 마당 앞에 서서 바라봤다. 내가 가슴에 맞았던 화살과 똑같은 manager 청동 화살이 꽂혀있던 공방의 기둥을 떠올리며 숨을 크게 내쉬었다. 내 마음이 바뀌기 전에 해치워야 했다. 입을 굳게 다문 나는 남자의 팔을 잡고 낮은 처마 밑으로 끌다시피 데려갔다. 그리고 그에게 문을 밀라고 턱으로 지시했다. 문이 열리며 흔들어대는 맑은 종소리를 뒤로하고 나는 공방의 마당을 나왔다.

되돌아오는 길은 지난번 은설희와 함께했던 것처럼 오던 길과 반대쪽으로 걸었다. 좀 홀가분하고 좀 뿌듯하고 좀 느긋해진 기분이었다. 퇴색한 이용원 간판과 좀 덜 낡은 미용실 간판 사이로 은설희 사촌오빠가 목사라는 교회로 오르는 좁은 계단이 보였다. 그 앞에 서 보았다. 작고 초라한 교회. 눈을 돌려 아래층을 살폈다. 1층 미용실 유리문이 보였다. '선아미용실' 유리창에 푸르스름하게 보이는 선팅이 읽혔다. 볕에 바랜 파란색이었다. 미용실은 불이 꺼졌지만 앞 전봇대에 달린 가로등이 그곳을 비추고 있었다.

돌아오는 9702번에서는 꾸벅꾸벅 졸았다. 피곤하기도 했고 배도 고팠다. 머리를 의자에 기대고 깜박 잠에 빠졌는데 수호천사가 생생한 목소리로 말을 붙여왔다.

"*친구! 오늘 꽤 괜찮은 하루였지?*"

"으응, 음 그 남자는 괜찮겠죠?"

"*자네 말대로 세상에 기막힌 일이 많잖아? 그러나 사람들은 살아남잖나? 그렇게 관리인이 되어가는 거지.*"

"그런데 사람이 과연 자신의 삶을 관리해서 행복을 만들 수 있을까요?"

"*그렇고말고. 자네도 오늘 삶을 잘 관리했어. 피곤하지만 기분은 좀 느긋해지잖아?*"

"남을 돕는 것이 내 삶을 관리하는 것? 하긴 은설희가 그렇게 주장했죠."

"*관리법은 다양하지. 이제 차근차근 익혀 가면 돼. 우선 푹 자게나. 구파발에서 깨워 줄게. 참 사제폭탄 같은 엉뚱한 생각은 마음에서 치우고.*"

나는 피곤하고 배가 고파서 더 이상 대꾸하기도 힘들었다. 오늘은 내 수호천사가 상당히 다정해, 하긴 불친절하면 천사도 아니지, 생각하며 다시 잠으로 빠져들었다.

노랑여자와 초록여자가 대결한 10월

오전 진료를 마치고 휴대폰을 열었을 때 9702번에서 만나고 싶다는 문자가 떠 있었다. 서대문에서 오후 6시에 떠나는 버스를 탈 것이니 내가 시간에 맞추어 타면 그 버스에서 만날 수 있을 것이라고 추가되어 있었다. 은설희로부터 온 문자였다. A's BEAN 새문안점장이 내 전화번호를 알고 있으니 은설희가 알려고 하면 쉬운 일이었으리라.

지난번 버스에서 화를 내고 내린 후에도 은설희의 얼굴을 자주 떠올렸지만 먼저 연락은 안 했다. 자살하려는 남자를 그 집으로 안내하고도 A&M클럽에 포섭될지도 모른다는 두려움이 가신 것은 아니었다. 그런데 막상 그녀에게서 연락을 받고 보니 나도 모르게 마음이 들떴다. 은설희가 내게 먼저 연락을 해주었다는 것이 중요했다.

6시가 되자마자 병원을 나섰다. 원장이 아직 병원에 있는데도 문을 나서는 나를 유지희가 눈을 크게 뜨고 쳐다봤다. 항상 원장의 뒤를 엉거주춤하게 따르던 내가 당당하게 먼저 퇴근하니 의아한 모양이었다. 약속이 있다고 얼버무리니 유지희의 눈이 더 커졌다. 나에게는 약속할 만한 상대도 없다고 여기나 보다 했다. 아무튼 놀라는 유지희의 얼굴을 보니 기분은 좋았다. 수동태의 생활에서 탈출하고 있는 기분이랄까? 엘리베이터 앞에 섰을 때는 더 뿌듯했다. 휴대폰을 켜는 일 외에 오랜만에 능동적으로 해 본 행동이었다.

버스정류장 전광판에 9702번이 10분 후에 도착한다는 메시지가 흐르고 있었다. 습관처럼 버스 앱을 열고 다시 시간을 확인하고 있는데 의외의 목소리가 들렸다.

"나 시간 잘 맞췄지?"

뜬금없는 화영이 바로 옆에 서 있었다. 은설희가 아닌 화영이 내게 문자를 보낸 것은 아닐 텐데… 화영이 생글거리며 내 의문을 풀어주었다.

"광역버스 타고 퇴근하는 기분, 나도 한번 느껴보려고. 지난번에 버스로 퇴근한다고 했었잖아? 연락 없이 갑자기 만나니 더 반갑지 않나?"

그녀가 고른 이를 펴서 맘껏 웃으며, 내가 손수 여기 오리라 생각 못 했지? 라는 표정을 덧붙였다. 화영이 내 집에 와서 밤을 보낼 때 요즘은 버스를 타고 다닌다고 말했던 기억이 났다. 화영은 자가용이 가장 평범해 보이는 요즘 세상에 지하철도 아니고 굳이 시골로 가는 광역버스를 타는 이유를 물었다. 버스를 타보니 좋더라고 대충 대답했었다.

"나 오늘 밤 시간 많아. 저기서 함께 저녁이나 먹고 같이 집으로 가는 것, 어때?"

생글생글 웃어가던 화영이 포시즌호텔 쪽을 향해 턱을 들었다. 함께 소풍이라도 가자고 하는 사람 같았다. 말과 표정으로 미루어 버스에서 만나자는 문자를 보내지는 않은 것으로 짐작했다.

"그런데, 내가 오늘은 좀. 오려면 먼저 연락을 하지…."

"왜 다른 약속이라도? 그런데 지금 퇴근 버스 타려는 길 아니었어? 그것은 약속이 없다는 얘기인데? 나 오늘 자기 만나려고 서초동 집회 두고 왔단 말이야. 왜 요즘 톡을 그렇게 자주 씹어?"

"좀 바빴어. 그런데 오늘은 약속이…."

"약속 장소를 버스로 잡지는 않았을 테고. 뉴타운 동네에서?"

"버스 안"

화영은 푸하하하 웃음을 터트렸다.

"왜 웃어?"

"우습잖아. 시골로 가는 광역버스에서 만나는 약속? 30년 전에 제법 인기였을 하이틴 영화 같잖아?"

화영은 다시 하하 웃었다. 나는 웃지 않고 사람들이 무리로 모인 광화문 광장을 바라봤다. 내 눈길을 따라본 화영이 이순신 동상 뒤 연단 쪽으로 턱을 치켜들고 아랫입술을 씹은 후 중얼거렸다.

"저치들 아무리 저래봤자 우릴 이기지 못해. 서초동에서 우리 측이 오늘 밤도 한바탕 축제를 열 걸. 저들은 말이야 전략이 없어. 군중이 늘어나게 하려면 고도의 전략이 필요해. 우린 리더그룹에서 개발한 전략에 따라 실행 팀이 일사불란하게 몰아가는 기술이 있단 말이야. 우리가 흐트러지지 않고 계속 주장하면 사람들은 그게 옳은 줄 알고 따라오게 되어 있어. 그리고 일단 군중에 끼게 되면 그다음부터는 앞에 선 사람을 졸졸 졸 따르지. 그런데 저 보수라는 바보들은 일사불란함이 없어. 고리타분한 가치로 서로 옳다고 싸우거든. 그러니 이미 군중으로 모인 사람들도 어느 말을 따라야 할지 헷갈리게 돼."

축제, 화영은 시위를 축제라고 했다. 하긴 짜 놓은 프레임에 말려들어 오는 사람들을 선동해서 흥분하게 만드는 것이니까. 날개 잘린 앵무새처럼 말과 행동을 따라 하는 사람들을 보면서, 시위에 앞장서는 그녀로서는 세를 불리는 축제로 여길만했다.

싸한 서글픔이 가슴을 돌더니 분노 비슷하게 바뀌었지만 입을 열지는 않았다. 말과 논리로 내가 화영과 싸워 이길 수는 없었다. 좀 전에 화영이 광장의 시위대를 보고 그랬듯이 나도 입을 꾹 다물고 아랫입술만 지그시 깨물었다.

"왜 그렇게 인상을 찌푸려?"

"선동을 위해 내뱉는 저질 말들, 이제 진저리가 나. 우든, 좌든"

"저질이라고?"

"허울만 좋게 짜맞춘 말이라는 것, 말하는 너도 알잖아?"

화영에게 대들기는 처음 있는 일이었다. 웬일인지 내가 확실히 많이 담대해졌다.

"뭐라고? 혹시 내가 없는 동안에 저 지지리도 못난 축들 논리에 말려든 거야? 광화문 근처에 있더니 태극기부대에 선동당한 것 아니야?"

화영은 눈을 위로 치켜떠서 눈 밑 흰자위를 크게 드러냈다. 나는 못 들은 척 입을 다물었다. 머릿속으론 광화문에 모인 저 치들이나 서초동에 모인 너희들이나 다 지긋지긋하다고, 앞에서 선동하는 너 같은 사람들이 앵무새들을 몰아가는 장면 그만 보고 싶다는 생각만 굴렸다.

"내가 곁에서 교육시키지 않는다고 그 사이 사람이 늙다리가 됐어? 하여간, 우리 편이 이길 거야. 우린 대중의 구미를 연구해서 적당한 먹이를 잘 던지거든, 사회적 평등, 경제적 공정성, 사회복지 확대, 얼마나 좋아?"

'앵무새들을 관리할 수 있다면 무슨 말이든 만들어내는 일에 능하겠지.' 계속 생각했지만 입 밖에 내지는 않았다. 화영은 대꾸 없는 나에게 눈을 흘겼지만 자신이 이겼다고 여겼는지 더 이상 따지고 들지 않았다. 화영의 말대로 교육 효과가 떨어졌는지 서초동 파들이 외치는 검찰 개혁이라는 진보 측 주장의 실체를 알 수 없었다. 작은 것이라 해도 실제로 나오는 범죄행위를 캐는 검찰을 탓할 수는 없었다. 검찰 수사를 이용해 전 대통령과 그 주변을 지나치게 파헤쳐 죄목을 붙이고 적폐 청산이라는 거대한 선동어를 먼저 만든 편은 화영이 속한 진보 측이었다. 그리고 잘못이 명백하게 밝혀지는데도 끝까지 깨끗하다고 우기며 상대를 탓하는 것은 또 무슨 뻔뻔함인지. 자기편이 많으면 양심의 기준도 달라지는 모양이었다.

그래서 나는 화영 편이 옳으니 이겨야 한다고 생각하지 않았다. 그렇다고 광화문파도 아니었다. 탄핵당한 전 여자 대통령을 공주라 칭하는 현수막을 볼 때는 구토라도 하고 싶은 심정이었다. 법무장관과 그 가족에 대한 지나친 수사도 문제였다. 상대가 그랬으니 나도 그렇다는 논리는 정당화될 수 없었다. 조금의 연민도 없이 파헤치면 죄 없는 사람이 어디 있겠는가.

화영에게 내 생각을 내놓게 될까 봐 조마조마하던 차에 9702번 버스가 다가와 다행이었다. 그러면서도 버스에 오르는 게 망설여졌다. 은설희가 버스에서 기다릴지도 모르기 때문에. 차라리 은설희의 버스와 엇갈리길 바라면서 버스에 오르는데, 화영도 망설임 없이 나를 따라 탔다. 화영을 말리고 싶지만 그녀를 타지 못하게 할 방법은 없었다. 그리고 한편으로는 화영에게 은설희를 보여주고 싶은 마음도 없지 않았다. 다른 여자를 만나는 모습을 화영에게 보여 주고, 내게도 그럴 능력이 있다는 증명으로 삼고 싶었다.

버스에는 사람이 많지 않았다. 중간쯤에 앉은 은설희가 반쯤 일어서 손을 흔들었다. 나는 무대에 오르는 사람처럼 숨을 크게 들이쉬고 그쪽으로 갔다. 내가 다가가자 은설희는 창 쪽으로 자리를 옮기고 통로 쪽 의자를 내주었다. 은설희와 나란히 앉았다. 화영이 놀랄 것은 뻔했다. 두려우면서도 기분 좋은 흥분을 느끼며, 화영이 보일 반응이 궁금해 얼굴을 확인하고 싶었지만 꾹 참았다. 내가 다른 여자와 특별한 관계를 맺을 수 있다고 화영은 그때까지 생각하지 못했을 것이다. 화영의 개념으로는 나는 자신이 원하면 언제든 다시 찾아올 수 있는 사람, 마치 은행에 정기예금 해둔 목돈처럼, 이자 정도만 포기하면 언제든 원금은 찾을 수 있는 그런 예금 같은 존재일 것이었다. 그런 뜻으로 카톡도 보내고 내 집을 드나들면서 나를 관리하고 있는 것이다. 그런 화영에게 충격을 준다고 생각하니 전율이 일만큼 짜릿했다. 놀람과 분노로 헐떡거리는 화영의 숨소리가 들리는 기분이었다.

그러나 화영은 진보 측 리더그룹 멤버답게 자제가 필요한 시점을 아는 여자였다. 화영은 말없이 다가와 나와 은설희가 앉은 곳에서 통로를 사이에 두고 같은 라인에 앉았다. 우리를 바라보며 대화를 잘 들을 수 있는 자리였지만, 나와 상관없는 사람처럼 무표정했다. 담담한 얼굴에서 아무것도 읽을 수 없어 펴져 가던 내 기분이 급속도로 수축되었다. 화영에게 나는 목돈이 아니라 포기해 버릴 수도 있는 소액 예금에 지나지 않을지도 모를 일이었다. 아무것도 모르는 은설희가 대화를 시작했을 때에도 화영은 앞만 바라보았다.

"지난번 그분, 현우 씨가 보내주셨죠? 감사해요."

"아 그 사람, 유령을 찾아 공동묘지 가겠다고 하기에… 자살할까 봐서… 그쪽 도움이 필요할 것 같기도 하고."

"자신이 날지 못하는 앵무새라는 것을 처음 알게 된 사람이에요. 한 번도 날개가 잘려져 있다고 생각해 보지 않고 살았으니까."

곁눈으로 슬쩍 쳐다보자 화영이 눈에 힘을 주고 날 쏘아봤다. 은설희와 내가 비교적 다정하게 얘기를 나누는 상황 때문인지 이해하기 어려운 대화의 내용 때문인지 알 수 없었다. 화영이 어떤 식으로든 반응을 보이자 나는 긴장 속에서도 기운이 솟아 다시 은설희에게 말을 걸었다.

"그런 경우 당신들은 어떻게 그를 돕죠? 지난번 그 남자의 경우라면 어떻게 그를 관리인으로 만들죠?"

아내에게 십 년 넘도록 속아 살다 이제야 진실을 알게 된 남자를 과연 돕는 방법이 있는지는 진실로 의문이었다. 아무리 관리인이라 해도, 아니 진짜 천사인들 원만한 해결법이 있을까 싶었다.

"우선 그의 얘기를 들어주는 것뿐이죠. 그가 자신의 실체를 알게 될 때까지. 그러다가 어느 시점 이후, 날개 잘린 앵무새처럼 수동적으로 사는 것에서 벗어나 점차 능동적으로 자기의 삶을 관리하게 돼요. 그 과정에서 천사의 도움도 있고요."

"지금은 그가 죽지 않고 능동적으로 이혼할 용기를 얻었나요?"

나는 정말 결과가 궁금했다. 그가 능동적으로 변한다면 자살을 하지 않고 부정한 아내와 이혼을 해버리는 것 아니겠는가? 은설희는 몸을 돌려 나를 정면으로 쳐다봤다.

"그가 이혼하는 것이 능동적인 것일까요?"

"그럼 그런 아내와 어떻게 살아요?"

"아내를 진정으로 용서하는 것, 그것이 가장 능동적인 결정 아닐까요?"

"당신들 미쳤소? 십여 년을 속이고 산 아내와 계속 함께 살라고! 용서하면서? 그게 용서가 될 일이요?"

"용서할 필요 없죠. 사랑을 하면 되니까."

나는 어이가 없었다. 어쩌면 화영이 들으라는 의도인지는 모르지만 또렷하게 되물었다.

"사랑? 나를 배반한 여자를 사랑하며?"

"이해하기 어렵나요? 사실은 간단한데."

"그러니까 어떻게?"

"참고 견디는 것, 오래 참고 버텨주는 거죠. 상대가 이겨내도록 남편으로 버텨주면 되죠. 오래 기다려줘야 해요. 그녀의 날개가 자랄 때까지."

"무슨 뚱딴지같은 소리? 그럼 내 날개는 더 잘려 나갈 지경일 텐데, 내 날개는 썩어 문드러지란 말이오?"

나도 모르게 언성이 커졌다. 화영이 바로 옆에 있다는 것도 잊어버렸다.

"그녀의 날개가 자라는 동안 그의 날개도 자랄 거예요. 더 빨리. 경험해 보면 알겠지만, 인내와 절제! 해내고 나면 정말 즐겁고 행복한 일이에요."

은설희가 말하고 있는데 갑자기 화영이 끼어들었다.

"가만, 당신들 무슨 놀이하는 거야? 아하 저 여자 천사클럽인가 매니저클럽인가 하는 단체 요원인가 보네. 말로만 들었는데. A&M이라던가? 정말 있었네?"

그런 다음 화영은 빠르게 나의 아내라고 자신을 은설희에게 소개했다. 나는 얼른 전처라고 정정했다. "법적으로는 전처이지만, 감정적으로 그는 아직 내 남편이에요."

화영이 똑 부러지게 다시 정정했다.

"그건 그렇고 당신은 내 남편, 정현우 씨와 어떤 관계죠?"

"흠흠, 버스에서 만나… 흠흠 그냥 흠흠."

얼굴이 빨개진 은설희의 말에 어느새 흠흠이 덕지덕지 붙었다.

"오호라 버스에서 만나, 그러니까 A&M클럽으로 포섭하려고 작전 중이라 이 얘기군."

빠르게 결론을 낸 화영은 목소리에 힘을 주고 이 어수룩한 남자 현혹하지 말라고 경고했다. 그리고 버스에서 이럴 게 아니라 내려서 확실하게 매듭을 짓자며 은설희를 버스에서 끌어내릴 참이었다. 홍제였다. 사람 많은 길가에서 실랑이를 벌인다면 더 많은 사람이 몰려들 것이다. 그리고 지금 버스에 앉은 모든 사람이 우리를 주시하고 있을 게 뻔했다. 화영을 말리고 싶은데 숨이 쉬어지지 않았다. 헉, 헉, 헉 숨을 내쉬는데 은설희가 내 손을 꼬옥 잡았다. 화영의 목소리는 계속 들렸지만 무슨 말인지는 이해되지 않았다.

박석고개를 지날 때까지 은설희는 계속 내 손을 잡고 있었다. 호흡은 좀 나아졌지만 나는 그냥 가만히 은설희에게 손을 맡긴 채였다.

"정 현우! 다음번이 구파발이야. 내려야지."

화영이 일어서서 나를 잡아 일으켰다. 화영이 이끄는 대로 일어서, 버스에서 내리려고 그녀의 뒤를 따랐다. 마음은 은설희를 따라가고 싶은데 몸은 일어나 열린 버스 문 쪽으로 걸었다. 앞선 화영이 가볍게 버스에서 폴짝 뛰어내렸다. 나는 화영을 따라 버스 계단을 한 칸 내려가다 뒤를 돌아보았다. 은설희가 나를 향해 미소 지었다. 손을 들어 느릿느릿 흔들었다. 눈에는 아쉬움과 슬픔이… 애달픈 얼굴이었다.

  나는 다시 버스 계단을 올랐다. 입술에 꾸욱 힘을 주고 내가 걷기 시작할 때 버스 문이 닫혔고, 나는 은설희 곁으로 가서 앉았던 자리에 다시 앉았다.

광장에서 초록여자를 본 11월

토요일이었다. 날씨가 쌀쌀해서 재킷의 깃을 세우고 기다리다 다가온 9702번 버스에 올랐다. 버스에는 이미 꽤 많은 승객들이 앉아 있었다. 혼자 앉을 좌석을 찾다가 맨 뒤쪽으로 가게 되어 무심코 광장을 내려다보았다.

'ㅇㅇㅇ를 단두대로, □□□을 다시 청와대로' 거대한 현수막이 보였다. 법무장관을 임명한 정부 반대 시위였다. 그들이 지목하는 법무장관은 이미 10월에 사퇴했는데, 아직도 광장에서는 법무장관을 물고 늘어졌다. 토요일이라 시위가 커질 모양이었다. 이순신 동상 앞에 몰린 군중 속에서 초록색 머리가 도드라졌다. 영화 쉰들러 리스트에서 피폐한 흑백 군상들 속의 주황색 코트처럼. 그렇게 초록 머리가 내 눈을 사로잡았.

설마 설희가? 은설희가 태극기부대 속에서 시위를? 아예 몸을 돌려 고개를 빼고는 광장을 유심히 살폈다. 버스가 출발해 버려 초록 머리는 더 이상 보이지 않았다. 점점 멀어지는 광장의 사람들이 거무스름한 뭉텅이로 희미해져 갔다. 포기하고 되돌아 앉았다.

'설희는 아닐 거야. 설마 은설희가?'

초록 머리만 언뜻 봐서 은설희인지 분명치 않았다. 버스가 시청 교차로를 지날 때 설희는 아니지 당연히 아니겠지, 중얼거렸다. 은설희가 스스로 앵무새 짓을 할 리 없었다. S은행 본점 앞에 버스가 섰을 때, 만약 설희가 맞다면? 설마? 하면서 버스에서 뛰어 내렸다. 은설희인지 확인해야 했다. 광화문 광장을 향해 뛰었다. 정신없이 달리다 마주 오는 남자의 어깨를 치고 말았다. 뒤뚱거리던 남자의 벙거지가 벗겨져 땅에 굴렀다. 얼른 주워서 낙엽을 털어 내밀었다.

"이 사람이?"

꼿꼿한 자세에 비해 머리가 회색이었다. 시위대에서 나온 노인일 가능성도 없지 않았다. 그는 나를 위아래로 훑어보다 숨을 헐떡이는 내가 경황이 없어 보였는지 입을 다물었다. 머리만 꾸벅하고 그대로 달렸다. 전속력으로 광장을 향해 뛰었다.

청계천이 시작되는 지점에서 뜀박질 속도를 늦추고 광장의 시위 군중에서 초록 머리를 찾기 시작했다. 아까 버스에서 보았던 것이 이순신 동상 남동쪽이어서 경찰이 간신히 뚫어놓은 좁다란 인도로 최대한 가까이 갔다. 시위대는 조밀하게 줄지어 앞으로 나가고 있었다. 행진을 시작하려는지 아니면 자리를 옮기는 중인지는 알고 싶지도 않았다. 시끄러운 노랫소리 때문에 정신이 없었다. 사람들에 막혀 10여 미터 앞 사람도 구분하기 어려웠다. 할 수 없이 통제선을 넘어 시위군중 가운데로 파고들었다. 시위대 속은 처음이었다. 화영이 촛불집회에 나오라며 그렇게도 채근했지만 가지 않았던 내가 직접 그 속에 들어갔다. 사람들을 밀쳐가며 파고들었다. 초록색 머리만 찾았다. 태극기를 든 노인들이 젊은 사람이 왜 이리 밀치냐며 나무랐지만 초록 머리를 찾아 사람들을 밀치고 밀리며 나아갔다. 확성기 소리, 북소리와 섞인 노랫소리, 사람들 복창소리, 시끄러운 난장판이었다.

마침내 스무 명 정도 앞서 초록색 머리가 보였다. 연갈색 점퍼를 입은 여자가 초록 머리였다. 초록 머리만 바라보며 몇 사람을 더 밀치고 나아갔다. 두세 번째 앞이 초록 머리였다. 머리가 온통 새하얀 노인의 팔을 끼고 있었다. 초록 머리가 흰머리 노인에게 고개를 돌렸다. 초록 머리의 옆얼굴, 은설희였다.

나는 사람들의 대오를 무너뜨리며 그녀에게 나아갔다. 무조건 그녀의 손을 잡고 끌었다. 은설희가 손을 뿌리쳤지만 나는 더 세게 그녀를 잡아끌었고 군중 속을 벗어나 겨우 인도로 나왔다.

"왜 이러세요?"

은설희가 눈썹을 치켜뜨고 물었다. 내가 묻고 싶은 말이었다.

"정말 설희 씨는 왜 이래요?"

내 물음에 은설희의 눈이 더 커졌다. "시위 중이잖아요? 모르겠어요?"

"설희 씨가 왜 이런 짓을 하느냐고요!"

"이런 짓이라고요? 그게 무슨 말이죠?"

은설희의 되물음에 난 할 말을 잃었다. 내 생각에 그녀는 노인들 사이에서 그런 시위나 하는 자신을 부끄러워해야 옳았다. 차라리 화영처럼 진보 진영에 서면 그래도 나았다. 늙은이들처럼 극보수의 집단에 끼어 시위를 하다니. 그녀 또한 날개 잘린 앵무새란 말인가? 그래도 화영은 앞에서 선동하는 리더였다.

"노인들 틈에서 시위를 하다니. 이게 무슨 짓이에요?"

은설희가 어이없다는 듯이 쓴웃음을 지었다.

"노인들이 외치는 의견은 다 틀린 건가요? 현우 씨도 선동의 영에 사로잡힌 거예요? 사탄이 선동으로 사람들을 속이고 있어요."

영이니 사탄이니 하는 말들이 설희 입에서 튀어나오자 나는 섬뜩했다. 사이비 광신도의 발언이었다. 광화문에서 조금 더 가는 청와대 앞에서는 극보수 목사가 이끄는 광신도들이 텐트를 치고 정권 타도를 위해 집회 중이었다. 탄핵된 전 대통령을 지지하는 사람들이었다. 그들은 유서인지 각서인지를 써놓고 참여한다고 들었다. 그녀의 사촌오빠가 그 집회에 가나 보다 짐작은 했지만. 은설희가 그들 중의 하나라니….

말을 잃은 내 표정을 본 은설희가 다시 말했다.

"한 사람을 온갖 의혹을 덮어씌워 파렴치한 범인으로 낙인찍고, 감옥에 보내고, 나라를 자신들의 이념대로 바꾸려 하는 행위를 저지르는데 왜 나이가 중요하죠? 노인들의 생각은 무조건 구식이고 젊은이의 생각은 다 참신한가요? 그런 고정관념이 가장 올드한 것 아닌가? 노인이고 젊은이고 간에 옳은 것을 지지하는 것이 양심이고 용기죠."

은설희가 나를 빤히 올려다보며 소리쳤다. 그녀의 의견을 반박할 말을 찾기에는 나는 너무 흥분해 있었다. 선동이라고, 화영처럼 당신들도 지금 노인들을 선동 중이라고, 노인들을 날개 잘린 앵무새로 만들어가는 중이라고 외치고 싶었지만 말이 목에 잡혀 나오지 않았다.

"어려움에 처해 있는 사람을 그대로 두고 보는 건 죄악이에요. 내 삶을 관리하기 위해서라도 나서야죠. 혹시 그걸 잘못으로 본다면 아주 큰 문제군요."

그처럼 경직된 은설희의 얼굴은 처음이었다.

"국정농단을 한 전 대통령은 감옥에 갈 만했잖아요?"

화영에게서 들은 내용을 자신 있게 내뱉었다. 말하면서 역시 나는 아직 화영의 틀을 벗어나지 못했음도 얼핏 느꼈다. 자기주장을 해대는 화영에게 지쳐있었기에 논리로 내가 그런 사람들을 이길 수 없다는 것도 알고 있었다. 아마 은설희도 이길 수 없을 것이다. 일시에 패배감이 몰려들었다. 다수 앞에서 한껏 비겁한 내가 어찌 다수의 대표들을 이기겠는가?

나는 몇 걸음 뒷걸음쳤다. 그리고 되돌아 힘없이 걸었다. 숨이 막혔다. 입을 벌리고 헉헉 숨을 들이키려 했지만 잘되지 않았다. 컥컥대며 날숨을 내뱉으려 했다. 그것도 되지 않았다. 숨을 쉴 수 없었다. 나는 두 손으로 목을 움켜쥔 채 그대로 땅에 앉아버렸다.

주위에 둘러선 사람들이 휘청거렸다. 고장 난 영상의 화면처럼 굴절되고 흐느적거렸다. 나를 둘러싼 사람들의 아우성이 환청처럼, 멀리서 띄엄띄엄 울리는 메아리 같았다. 휘청거리는 사람들이 모여들고 소리들이 밀물처럼 파도치며 다가왔다.

내가 눈을 떴을 때는 교보문고 앞 보도블록에서였다. 초록 머리가 보였다. 은설희의 얼굴이, 눈이 보였다. 연민과 염려로 가득한 눈에 물기가 어려 있었다.
"설희 씨가 이렇다니…. 왜 남의 텅 빈 말에 휘둘리는지."
힘없이 내뱉었다. 그리고 일어서 그녀를 뒤로했다. 우선 그곳을 떠나고 싶었다. 휘청거렸지만 걸었다. 뒤는 돌아보지 않았다. 스무 걸음 걸었을까? 은설희가 달려와 내 앞에 섰다. 우리는 마주 섰고, 그녀가 내 어깨를 잡았다. 까치발로 서서 내 목에 팔을 두르고는 입술에 입을 맞췄다. 급하게 맞은 그녀의 입술에 처음에는 어리둥절했다. 곧 그녀의 허리를 안고 나는 그녀를 힘껏 껴안았다.
우리는 손을 잡고 건널목을 건넜고 함께 광화문 빌딩 앞으로 갔다. 9702번 버스에 올라 뒤쪽으로 그녀를 끌었다. 좌석에 앉은 다음인데도 나는 아직 흥분 상태였다. 그녀가 방금까지 극보수의 무리에서 시위 중이었다는 사실은 까맣게 잊고 그녀와 만나게 된 새로운 국면에 젖어 날고 있는 기분이었다.
"우리는 비슷해요. 둘 다 부족하다는 점에서. 난 틱, 현우 씨는 공황장애."
은설희도 흥분한 것은 마찬가지였다.
"설희 씨를 이런 곳에서 보다니. 설마 이런 시위가 본심은 아니죠? 하긴 태극기부대에 기독교인들이 많다고는 하던데……."

가슴과는 다르게 다시 그 얘기였다. 그러나 따지려는 의도는 없었다. 대화를 이어가는 말이 궁색해서 한 말이었다.

"쉬 잇!" 은설희가 손을 입에 댔다.

"전처가 진보 측 리더였어요. 설희 씨도 지난번에 만났잖아요. 그녀를 보면서 깨달았죠. 자기 패거리를 많이 만들려는 목적은, 더 큰 폭력을 휘두를 위치를 차지하기 위해서라고. 설희 씨도 자기 패를 더 만들기 위해 관리인클럽을 하나요?"

"군중 몰이로 개인의 삶이 좋아지지 않아요. 사람의 행복은 아주 사소하고 작아 보이는 사랑의 매듭으로 만들어지니까. 그러나 지금은 세몰이가 너무 심하니… 그래도 현우 씨가 싫다면 앞으로 이런 시위에 나오지 않을게요."

나는 그녀를 다시 껴안았다.

"사실은요, 내가 나와서 직접 외치는 것보다 야리엘에게 부탁하는 것이 훨씬 더 빨라요. 주천사님은 모든 반응에 효과적인 강력한 촉매제를 가지고 계시니까요."

그 말에 나는 그녀의 사촌오빠를 떠올렸다. 사회적 상황까지 정리할 강력한 촉매제를 가진 천사가 있다면 그에게 부탁하면 될 것을 왜 날마다 광화문에서 직접 떠든다는 말인가? 들뜬 분위기를 가라앉힐까 봐 생각만 돌리며 입에 올리지 못하고 있는데, 은설희가 바로 덧붙였다. 별 잘못 없이 탄핵당한 대통령의 억울함도 직접 외쳐주는 누군가가 있어야 하지 않겠느냐고. 그러나 그녀도 급격하게 발전된 우리 관계에 얼굴이 상기되고 흥분된 상태였다.

"처음 봤을 때부터 현우 씨는 아주 특별했어요. 영혼이 시들어가는 무거운 몸을 지탱하느라 쌓인 피로감… 어떻게든 견디어 보겠다는 팽팽한 긴장감, 거미줄 쳐진 폐가의 구석에서 닥쳐오는 공격을 염려하는 고슴도치처럼 가시는 잔뜩 세웠지만 떨고 있는 모습. 예전의 나 같았어요. 그래서 말하고 싶었어요. 도와주는 야리엘 주천사님을 만나러 가자고… 현우 씨와 좋은 케미를 만들고 싶어요. 그런데 과거 아픔의 정도가 비슷하다고 그냥 케미가 좋겠어요? 가시를 잔뜩 세우고 있는데 누가 접근할 수 있죠? 관리인이 되어 보면, 트라우마 따위는 하찮아져요. 현재를 관리하기 시작하면 과거는 힘을 잃어요. 미래란 지금부터 만들어지니까, 미래도 오늘을 관리하면 되죠. 그렇게 오늘을 천사님과 상의해 가며 사는 거예요. 현우 씨가 관리인클럽에 들어오면 좋겠지만 싫으면 클럽에는 바로 가입 안 해도 괜찮아요. 내가 오래 버텨 줄 테니까. 나는 야리엘의 도움으로 이미 관리 방법을 많이 익힌 사람이니까."

은설희는 쉴 새 없이 말했다. 버스가 독립문쯤에 도착할 때까지 혼자서 거의 말하다시피 했다. 물론 흠흠 하는 틱 증상도 전혀 보이지 않았다. 나는 초강력 졸음 퇴치 박하 껌을 씹었을 때처럼 가슴과 호흡이 뻥 뚫리는 기분이었다. 흉곽 안에 멘톨향을 가득 채운 느낌으로 들뜬 감격에 싸여 그녀의 말을 경청했다.

이해되지도, 구체적 개념이 잡히지도 않았지만 반박거리는 떠오르지 않았다.

천사를 만나러 간 12월

"아! 12월 A&M 파티, 야리엘 주천사가 오시면 얼마나 황홀한 축제가 되는지…….

수호천사들도 모습을 드러내고, 우리는 흰옷을 입고… 은은한 향기, 빛으로 가득해요. 찬란한 은빛 홀, 아름답고 신나는 음악, 천사들은 날고, 몸이 들뜨고, 우리는 춤을 추고. 기쁨의 춤을 춰요. 천사들과 춤을 추는 거예요. 야리엘의 넘치는 사랑과 축복 안에서.

천사의 날개가 얼마나 환한 은빛인지 아세요? 가랑비처럼 내리는 은빛 실들. 아, 감미롭고 감사하고 아름답고 신나는, 천사들과 날면서 춤춘다니까요. 사람들은 그런 환희가 있다고 상상도 못 할 거예요."

말하던 중에 은설희는 눈을 감고 직접 왈츠 비슷한 스텝을

밟기도 했다. 누군가를 안고 날듯이 양손을 펴고 뛰어오르기도 했다. 그녀가 표현하는 12월의 천사와 매니저 파티는 환희 자체였다.

얘기를 종합해 보면 주천사는 수호천사들의 관리자로서 수호천사들뿐만 아니고 인간들에게 신의 말씀을 직접 전하기도 하고 선하고 지혜롭게 살아가도록 지도한다고 한다.

이 지역을 담당하는 주천사는 야리엘인데 매번은 아니지만 A&M클럽 모임에 가끔 온다고 했다. 특히 12월 모임에는 지난 10년 동안 빠짐없이 와주었는데, 1년 동안 애쓰고 수고한 관리인들을 위로하고 칭찬하며 파티를 베풀어주었다고 했다.

솔직하게 말하면, 춤을 춘다는 말이 자주 나와서 크게 솔깃하지도 않았고 그런 황홀한 파티가 있다고 믿어지지도 않았다. 언제나 외톨이였던 나는 춤이란 것을 추어본 적도 없고, 노래방조차도 몇 번 가지 않았다. 은설희는 걱정 말라고 야리엘의 파티에서는 노래하고 춤추는 능력이 단 1초 만에 습득되므로 누구나 곧바로 그 환희를 즐긴다고 했다.

믿기지도 않았고 파티 같은 모임에 흥미도 없었지만, 좋은 케미를 이루려면 삶의 관리 방법이 같아야 한다는 은설희의 말에는 공감했다. 은설희와 좋은 케미를 이룰 수 있다면 노력은 해보고 싶었다.

12월 A&M클럽 파티는 참가 방법이 좀 유별났다. 은설희에 대한 열정이 없었다면 난해한 이론과 황당하고 복잡하기까지 한 방법에 귀 기울였을 리 없다. 우선 주천사 야리엘이 장소를 정할 뿐만 아니라 참가자도 선정했다.

참가를 원하면 보통의 정류장이 아닌 서울과 경기도의 경계선 푯말이 서 있는 곳에서 날짜에 맞춰 버스를 기다리라고 했다. 서울과 경기도의 경계선은 평상시 내가 내리던 구파발역 입구에서 멀지 않아 다행이었지만, 날짜만 알려주고 시간은 정해지지 않은 점이 문제였다. 만약 내가 초대받지 못했다면, 오지 않을 버스를 하루 내내 기다리다 해가 지면 저벅저벅 집으로 돌아가야 할 판이었다.

그건 그렇다 쳐도, 참가자가 갖추어야 할 필수 요건에는 정말 자신이 없었다. 좌나 우로 치우치지 않은 마음이 준비되어야 하는데, 다수포비아를 가진 나는 이미 지독하게 비겁해서 생각의 균형이 깨져있다는 것은 나도 인정하는 사실이었다. 40년 동안 삐딱해있던 내면의 균형이 며칠 내로 바로 세워질 리도 만무했다.

내가 초대받지 못한다면 나보다 은설희의 실망이 클 것이 뻔해 걱정이었다. 며칠을 속 태우다 은설희에게 슬그머니 물었다. 평생 날개 잘린 앵무새로 살아온 내가 어떻게 치우치지 않은 마음을 단번에 갖겠느냐고, 그래서 12월 A&M클럽 파티는 그녀만 다녀오고 나는 1년 동안 A&M 모임에 참여하여 훈련부터 받는 것이 어떻겠느냐고.

은설희는 초대된 사람은 주천사가 미리 균형 잡힌 마음까지 준비시키니 그저 맡기라고 쉽게 답했다. 이해는 안 됐지만 더 이상 우기지는 않았다. 생각해 보면, 내가 수호천사의 말을 가끔 듣기도 하고 은설희를 만난 것도 합리적으로 이해되는 상황은 아니니까. 그리고 어쩌면 나는 이미 야리엘 주천사를 봤을 수도 있었다. 1월 10일, 9102번으로 오해하고 처음 9702번 버스를 탔던 날, 수호천사는 내가 운 좋게 야리엘 주천사를 만났다고 했었다. 그러므로 내 가슴에 manager 화살을 쏜 백발노인이 야리엘일 수도 있었다.

그렇다면 그때부터 주천사 야리엘은 이미 나를 관리인으로 점찍어 놓고 기다렸을까? 나 같은 사람이 천사에게 그렇게 중요한 사람일 리 없지만, 상황으로 보아 전혀 그럴 리 없다고 말하기도 어려웠다.

그날 눈은 오지 않았다. 며칠 전 내린 눈에 삭풍이 더해져 춥기만 했다. 차갑고 드센 바람이 휘몰려드는 통일로, 서울과 경기도 경계를 나타내는 안내판을 지탱하는 스테인리스 철봉을 붙들고 2시간을 기다려도 버스는 오지 않았다. 장갑을 준비했지만 휴대폰을 밀 수 있는 것이라 손도 시렸다. 은설희는 이쪽저쪽, 어느 쪽에도 치우치지 않게 반드시 봉을 잡고 경계에 서 있으라고 했었다.

심심하기도 해서 한 손으로 휴대폰을 켰다. 중국 후베이성 우한에서 시작된 원인을 알 수 없는 신종 감염병 얘기로 들끓고 있었다. 폐렴을 동반한 감기 증상인데 특별한 치료약이 없다며 뉴스마다 호들갑이었다. 한국에도 그 신종 전염병이 벌써 상륙했을 것이라는 추측성 기사도 있었다. 돌연변이 바이러스가 생긴 시점인데, 영하 10도의 날씨에 거리의 스테인리스 봉을 잡고 버티는 것이 슬그머니 걱정이었다.

'언제나 시끄럽지 않은 날이 올까. 광화문 광장에는 오늘도 시위대가 모였을 테고, 변이 바이러스 태풍은 불어오고… 바이러스 폭풍이 불면 광장이 조용해질까?'

선동의 태풍을 바이러스 폭풍이 몰아낸다는 것은 가상이지만 더 불안했다. 그냥 그대로 시위꾼들이 들끓는 광장으로 놔두는 것이 나을지도 모르겠다는 생각이 처음으로 들었다.

한 손으로 휴대폰을 보는 것도 여의치 않아 폰을 다시 주머니에 넣고 손을 바꾸었다. 롱패딩을 입었지만 몸이 얼었다. 발이 시렸다. 더 이상 참기 어려울 것 같아 포기해야 하나 하는 갈등 속에서도 1시간을 더 참았다. 이제 아주 포기해야겠다고 손을 놓으려는데 수호천사가 생생한 목소리로 격려했다.

"친구! 두 손으로 봉을 잡고 조금만 참자. 인내 없는 기쁨은 거의 없어."

"어? 수호천사? 그런데, 여기는 9702번 버스 안이 아닌데? 천사의 음성을 직접 들으려면 특별한 셈법이 적용된다고 했잖아?"

"난 항상 네 곁에 있다고 했지? 셈법의 적용 없이도 내 목소리를 들을 수 있을 만큼 네가 안정된 거지."

내가 안정되었다는 천사의 말이 나를 더 버티게 했다.

내게 다가온 것은 빨간색 9102번 2층 버스였다. 9702번이 아니고 앞에 분명히 9102번이라고 씌어 있었다. 광역버스 중에 2층 버스가 있다는 걸 인터넷에서 검색해 본 적은 있지만 그동안 타보지는 못했다. 그런데 서울과 경기도의 경계에서 고

드름처럼 얼어버린 내 앞에 멈춘 것은 소문으로만 듣던 빨간색 2층 버스였고 번호는 9702가 아닌 9102번이었다.

버스는 텅 비어 있었다. 텅 비었는데 뒤로 가기도 뭐해, 버스를 처음 탄 1월에 그랬던 것처럼 운전석 뒤 두 번째 좌석 통로 쪽에 앉았다.

'9702번이 아니고 9102번이네?'

"그렇지. 9102번"

"처음부터 내가 착각하도록 만든 장본인이 수호천사 당신이었소? 검색해 보니 9102번 버스는 없던데…. 어? 버스에 운전기사도 없네. 그리고 왜 텅텅 비었지? 승객이 나 혼자잖아?"

"*3차원 관점에서 설명되지 않은 것들이 있다는 것은 이미 경험했잖아? 버스가 빈 것은 준비된 사람이 드물기 때문이지. 주천사 야리엘은 이 버스에 승객이 가득 차길 원하지만.*"

"그럼 내가 준비된 사람이란 말이오?"

"*아직은 아니지. 행운아 친구! 너를 사랑하는 사람들 때문에 특혜를 받았다고나 할까?*"

은설희의 영향력 때문이라고 여겼다. 천사는 나를 사랑하는 사람들이라고 복수로 말했지만 나를 사랑하는 사람이 은설희 외에 있을 리도 없고, 천사라고 해도 단수와 복수쯤의 말실수는 하겠지 하면서.

5분쯤 수호천사와 얘기를 나누었는데 어느새 버스가 멈춰서고 버스 문이 열렸다. 9102번 버스에서 내렸을 때 나는 적잖이 놀랐다. 내가 본 곳, '천사를 닮아가는 교회' 은설희의 사촌 오빠가 사역한다는 교회 앞이었기 때문이다. 내 기억에 그

길은 승용차 하나 겨우 지날 수 있는 좁은 길이었는데 커다란 2층 버스가 그곳에 도착해 나를 내려주었다. 수호천사 말대로 3차원의 시각으로 이해되지 않은 일이었다.

교회로 올라가는 계단 앞, 오래된 이용원 간판과 상대적으로 새것인 미용실 간판이 계단을 중심으로 양쪽에 붙어 있는 곳이었다. 유리문 아래 반쯤은 눈이 비스듬히 쌓여있어서 선아 미용실의 퇴색한 푸른 선팅이 반만 보였다. 좌측으로 은설희네 집이 보였다. 지붕은 꼭대기만 지느러미처럼 가느다란 파란색이고 대부분 눈에 덮여 있었다. '금속공예공방 *A&M*' 간판에도 눈이 쌓여 작은 한글은 보이지 않고 *A&M*만 보였다. 그 아래 출입문은 여전히 초록색이었다.

맑은 종이 울리는 저 문을 열고 들어가 은설희와 함께 들어갈까 생각도 했다. 그러나 버스가 나를 이곳에 내려 놨으니 혼자서 그 교회 계단을 올라가야만 할 것 같았다. 그 위에 현실에서는 못 만날 신비한 세계가 있을지도 모를 일이었다. 긴장되고 두렵기도 했다. 숨을 크게 들이쉬고 천천히 교회 계단을 올라갔다.

교회 문은 열려 있었다. 진회색 비닐장판이 깔린 교회에 개인용 의자가 접힌 채로 뒤쪽에 차곡차곡 세워져 있었다. 누추하고 좁은 개척교회, 너무 현실적이어서 오히려 믿기지 않는 풍경이 약간 실망스러웠다. 앞쪽 공간이 30평이나 될까? 의자는 30여 개? 최대로 30여 명이 사용할 수 있으니까 신도수가 30여 명 이하라는 계산이 나왔다.

사람은 보이지 않았다. 입구에 신발장이 있어서 신발을 벗어 맨 아래 칸 구석에 넣었다. 어두컴컴했다. 좌측 문 입구의 스위치를 올리니 천정에 붙은 LED 등 4개에 일시에 불이 들어왔다. 난방이 되지 않아 딛고 선 바닥이 차가웠다. 오른쪽에 진초록 커튼이 쳐진 방이 보였다. 낡은 커튼을 걷고 슬쩍 안을 둘러봤다. 어슴푸레 보이는 싱크대와 냉장고 등으로 원룸 형태의 방이라는 것을 알았다. 어디서 용기가 생겼는지 나는 대범하게 방 입구에 있는 스위치를 눌렀다. 목사가 거주하는 사택으로 보이는데 역시 누추하고 초라했다. 오래된 꽃무늬 벽지는 촌스러웠다. 싱크대 옆으로 난 문 뒤는 화장실, 전에 목사가 샤워하고 왔다고 했던 말이 생각나서 저 문 뒤가 화장실이겠지 추측했다.

나는 내친김에 방으로 걸어 들어갔다. 다행히 방바닥이 따뜻했다. 벽에 가족사진이 걸려 있었다. 무심코 가서 보았다. 사진 속, 세 명의 사람. 전에 보았던 설희의 사촌오빠인 목사, 자폐증 아이 상수는 세 살쯤으로 보였다. 그리고 그의 아내로 여겨지는 여인. 나는 되돌아서다가 다시 몸을 돌려 사진 앞으로 더 가까이 갔다.

사진 속 여인이 낯이 익었다. 어디선가 본 여자, 선아였다. 내가 때리고 괴롭히던 선아였다.

무릎이 꺾이듯 방바닥에 주저앉았다. 눈물이 쏟아졌다. 아무리 괴롭혀도 말없이 울기만 하던 선아. 나는 내 불행이 선아 때문이라고 생각했었다. 그 아이의 아버지가 내 어머니를 데리고 도망갔기에, 그 아버지는 내 불행의 기원이었고 동민이 패거리에게 맞고 괴롭힘을 당한 것도 선아 아버지 때문이었다. 그러므로 선아 때문이기도 했다. 그래서 선아를 괴롭혀도 당연한 것이었다. 그녀는 내 분노를 푸는 대상이었다.

'그런데 선아, 선아는 누구에게 분을 풀었을까?'

엉엉 소리가 내 속에서 기어 나왔다. 점점 커지더니 나는 목 놓아 울기 시작했다. 다리를 뻗고 죄송합니다. 죄송합니다. 용서해 주세요. 용서해 주세요. 되풀이했다. 온 가슴이 무언가로 꽉 차올랐다. 숨이 막혀 꺽꺽 숨을 토해내며 울었다. 공황장애 발작과는 다른 것이었다.

얼마나 울었을까. 가슴의 답답함이 좀 풀리고 숨도 의외로 편해졌다. 이제 선아와 그녀의 남편이 곧 올 것이다. 선아에게 직접은 아니지만 조금은 사과한 기분이었다. 그러나 그녀를 다시 만날 용기는 없었다. 어서 그 교회를 나가야 했다. 그런데 일어서지지 않았다. 한 자세로 계속 있었기에 다리에 쥐가 났는지, 다리가 펴지지 않았다. 양손으로 바닥을 짚고 일어서기 위해 쩔쩔맸다. 어서 빨리 달아나야 하는데 다리가 세워지지 않았다.

"일찍 오셨군요."

머리를 뒤로 묶은 설희의 사촌오빠 목사가 들어왔다. 주인 없는 남의 안방을 차지하고 있었지만 그런 것은 아무것도 아니었다. 어떻게 내가 바로 그의 아내 선아를 괴롭히던 악질이었다고 고백할까가 문제였다.

내가 한 짓은 그에게 털어놓을 수도 없을 만큼 비겁하고 악랄해서 입을 열 수가 없었다. 도망을 가야만 했다. 나는 기어서라도 방을 나가려고 했다. 기어서 녹색 커튼 앞에 이르러 커튼과 문틀을 잡고 겨우 일어섰다. 도망가려고 절뚝거리며 겨우 교회로 나왔다. 그런데 나도 모르게 무릎이 다시 털썩 꿇어졌다.

차가운 교회 바닥에 무릎을 꿇은 채 울면서 그에게 나의 잘못을 고했다. 그의 아내 선아를 알고 있다고, 그리고 선아에게 내가 한 짓들을 주절주절 생각나는 대로 고백했다. 그래서 그녀가 오기 전에 내가 달아나야 하는 이유도.

"그럴 필요 없습니다. 아내는 오지 않을 겁니다. 하늘나라에 있거든요. 2년 전에⋯."

"어떻게?"

"우울증이 심했어요. 그러니 몸도 안 아픈 데가 없었죠. 정현우 씨, 당신이 어린아이였을 때, 그때 아내도 어린아이였으니⋯ 어린아이가 견디기에는 너무 고통스러웠겠죠?"

나는 대답할 수 없었다. 그랬다. 내가 선아를 때릴 때, 동민이 패거리에게 맞은 날, 선아를 찾아가 분풀이할 때, 그녀는 어린아이였다. 나는 대답도 못 하고 고개를 더 떨어뜨렸다. 눈물이 다시 얼굴을 타고 내렸다. 한참이 지나도 눈물이 멈추지 않았다. 방금 전 혼자 있을 때도 그렇게 많은 눈물을 흘렸는데 다시 터진 눈물이 멈춰지지 않았다. 어디에 그처럼 많은 눈물이 내 안에 들어있었는지 모를 일이었다.

"아내는, 선아는 당신을 용서했어요. 마지막에 당신의 어머니를 만났거든요."

말을 마친 목사가 얕은 한숨을 내쉬었다.

"그들, 내 아내와 당신의 어머니가 당신을 우리에게 부탁했어요."

내 눈에서 다시 눈물이 더 쏟아졌다. 얼어서 터진 수도꼭지처럼 눈물이 멈춰지지 않았다. 계단에서 사람들이 올라오는 소리가 났지만, 나는 울음을 멈추지 못했다. 멈춰야만 하는데 얼굴을 타고 흐르는 물이 끝을 몰랐다.

"괜찮아요. 우리 중 누구도 당신의 울음을 비웃지 않아요. 오히려 기뻐하죠. 그렇게 죄를 털어버려야 야리엘을 만날 수 있으니까요. 이제 곧 주천사 야리엘이 도착할 거예요. 오늘 밤 여기에. 우리 모두 야리엘을 그렇게 만났어요. 당신처럼 죄인으로. 죄를 고백한 당신 덕분에 우리는 오늘 밤 천사들과 축제를 즐길 거예요. 그러니 걱정…."

목사가 말을 아직 멈추지 않았을 때 은설희가 다가왔다. 그녀가 들썩이는 내 어깨를 어루만지며 속삭이듯 말했다.

"우리 모두는 누군가 베풀어 준 용서의 빚을 진 사람들이에요."

나는 옆으로 쓰러져 그녀의 머리카락에 얼굴을 묻었다. 내 울음소리가 다시 커져 버렸다.

따뜻하고 거대한 손이 내 등을 천천히 어루만지다 머리를 쓰다듬었다. 부드럽고 따뜻하고 아주 큰 손이었다. 연한 로즈마리 향을 느끼며 가슴을 폈다.

눈앞이 환했다. 하늘처럼 높은 천장, 드넓은 홀, 온통 은빛이었다. 날개를 펼친 천사들, 흰옷 입은 사람들, 모두 빛이었다. 맑고 신선하고 경쾌한 음악이 흘렀다. 공중에서 날던 천사가 나를 향해 미소 지었다. 그윽하고, 정직하고, 순한 눈, 나는 그 눈을 이미 알고 있었다.

"주천사 야리엘"

내 수호천사가 속삭였다. 은빛 날개로 내 등을 감싼 그의 눈에 기쁨이 넘쳤다.

나는 은설희의 손을 잡고 일어섰다. 가벼워진 내 몸이 깃털처럼 떠오르기 시작했다.

천사와 매니저

1판 1쇄　　2025년 8월 25일 발행

지은이　　김소래
편집　　　김영석
기획　　　도서출판카논
디자인　　김동현
펴낸곳　　도서출판카논
ISBN　　　979-11-93353-17-2　　03810
가격　　　13,000원

이 책의 저작권은 저자에게 있습니다. 저자의 허락없이 내용의 일부를 인용하거나 발췌하는 것을 금합니다.
비즈니스 및 작가 문의. canonpublisher@gmail.com